변변찮은 마술강사와 3
―메모리 레코드―

Memory records of bastard magic instructor

"아아아아아아아앙~! 정말이지! 무슨 걸신이라도 들리신 거예요?! 남들 보기 창피하게!"
봄이 왔음을 알리는 벚꽃이 만개한 어느 요테 강변의 광장에서 시스티나의 귀를 찌르는
듯한 고함이 울려 퍼졌다.

"선생님도 참! 오늘은 꽃구경을 하러 온 거거든요?! 제대로 꽃을 감상하자구요! 도시락은
그만 드시고!"

오늘은 평소의 멤버로 꽃구경을 하러 왔지만, 월급날 전이라 여러모로 위기였던 글렌이
이런 절호의 기회를 놓칠 수 없다는 듯 영양 보급을 위해 정신없이 도시락만 탐하자,
시스티나가 마치 하악대는 아기 고양이처럼 태클을 걸었다.

"그치만 내가 좋아하는 음식들만 있으니까", 그건 그냥 우연이에요! 그리고 이건 저희가
다 같이 먹을 거지 딱히 선생님 한 분만을 위해 만들어온 도시락이 아니거든요?!
애초에 그렇게까지 배가 고프신 건 선생님의 헤픈 금전 감각이一."

그리고 설교를 시작했다.

"응? 시스티나, 이 도시락…… 글렌 때문에 만든 거 아니었어?"

"아하하, 솔직하지 못하긴一"

그런 두 사람의 대화에 리엘이 어리둥절한 듯 눈을 깜빡거렸고 루미아는 쓴웃음을 지었다.
그렇게 즐겁고도 따스한 시간이 천천히 흘러갔다.

"트릭 오어 트릿?"

오늘은 즐거운 핼러윈. 마녀의 모습으로 변장한
리엘이 글렌의 앞으로 다가왔다.

"응. 난 잘 모르겠지만. 이렇게 말하면 과자를
주다면서 아까 시스티나랑 루미아도 이브한테
했었어. 그러니까, 있잖아. 글렌, 과자, 줘."

변함없이 졸려 보이는 무표정인 데다 이 행사의
취지도 제대로 알지 못한 모양이었지만, 리엘은
왠지 조금 흥분한 기색으로 가슴을 폈다.

"……어? 과자 없어? ……빈털터리'? ……응.
그래. ……. 그건…… 아쉽네."

리엘은 여전히 어른답지 못한 글렌의 대응에
아주 조금 유감스러운 듯 어깨를 늘어트렸다.

"그럼 장난칠래. 과자를 안 주면 장난쳐도 된댔어.
……장난쳐도 돼? ……응. 얼마든지 해봐?
알았어, 글렌."

그 순간, 리엘은 느닷없이 글렌의 눈앞에서 자기
키 정도 되는 대검을 연성하여 세워 들었다.

"응. ……좋아, 완성. 그럼 바로 장난을…… 어?
왜 도망치는 거야? 글렌."

그리고 리엘은 이상적인 폼으로 걸눈질도 하지
않고 잽싸게 달아나는 글렌의 뒤를 쫓았다.

"기다려, 글렌. 「트릭 오어 트릿」."

그렇게 축제날 밤에 무법의 술래잡기가 시작되
었다.

메리 크리스마스

"즐거운 성야제 보내세요! 선생님!"
빨간 모자와 옷을 입고 하얀 자루를 짊어진
루미아가 글렌의 앞에 나타났다.
"예? 왜 이런 늦은 밤중에 제가 선생님 방에
있냐구요?"
루미아는 침대 위에서 어안이 벙벙한 얼굴을
한 글렌 앞에서 양팔을 펼치고 빙글빙글
돌았다.
"후훗. 지금의 전 산타예요. 오늘은
성야제니까…… 평소에 늘 신세를 졌던
선생님께 드릴 선물을 가져 왔답니다.
받아주시면 안 될까요?"
그런 루미아의 모습에 글렌은,
아연실색하면서도 고개를 끄덕일 수밖에
없었다.
"감사해요. 선생님이라면 분명 그렇게
대답해주실 줄 알았어요. ……예? 뭘 줄
거냐구요?
예. 선물은…… 바로 『저』예요."

루미아는 화들짝 놀란 글렌에게 응석부리는
시선을 보내며 천천히 다가갔다.
"선생님…… 부디 제 『선물』을 받아주세요."

─다음날 아침.

"으으~ 나도 참 무슨 꿈을…… 오늘 선생님
얼굴을 제대로 볼 수나 있을까……?"
루미아는 마치 수증기가 피어오를 것처럼
빨갛게 익은 얼굴을 양손으로 가리고
등교했다.
"오늘은 성야제야! 다 같이 산타 코스튬
파티를 열자!"
"……응. 기대돼."
하지만 루미아의 갈등을 알 리 없는
시스티나와 리엘은 앞에서 그런 악의 없는
대화를 주고받았다.
그렇게 오늘도 평화롭고 즐거운 하루가
시작되었다.

Memory records of bastard magic
instructor

CONTENTS

변변찮은 마술강사와 추상일지 3
—메모리 레코드—

Memory records of bastard magic instructor

히츠지 타로 지음
미시마 쿠로네 일러스트
최승원 옮김

글렌 군이 즐거워 보여서 다행이야…….

《여제》 세라 실바스

Memory records
of
bastard
magic
instructor

세리카
아르포네이아

알자노 제국 마술학원 교수.
외모는 젊어도 글렌을 길러준
부모이자 마술 스승이기도 한
수수께끼가 많은 여성. 글렌이
엮이면 팔불출이 된다.

리엘
레이포드

제국 궁정 마도사단 특무분실
소속. 루미아의 호위로
마술학원에 편입했지만
어째선지 글렌의 등만 쫓고 있다.

루미아
틴젤

청초하고 마음씨 고운 누구에
게나 사랑받는 인기인. 목숨을
걸고 자신을 구해준 글렌을
일편단심으로 사모하고 있다.
글렌과 시스티나가 싸울 때는
자주 중재 역할을 맡는다.

시스티나
피벨

「강사 킬러」라는 별명을 가진
고지식한 우등생. 글렌의 적당한
태도를 흘려 넘기지 못하고
매번 설교하는 모습은 이미
학원의 명물이 됐을 정도다.

Character

알베르트 프레이저

제국 궁정 마도사단 특무분실
소속. 글렌의 전 동료. 제국에서
손꼽히는 저격수이자. 전투에서
첩보에 이르기까지 수많은
임무를 완수해온 초일류 마도사.

글렌 레이더스

주인공. 알자노 제국 마술학원의
마술을 싫어하는 마술 강사.
만사에 무책임하고 의욕 제로.
마술사로서도 삼류라서 장점은
전혀 없는 셈. 그런 그의 진정한
모습은—?

마도탐정 로잘리의 사건부

The Case—Book of Rosalie Detert

Memory records of bastard magic instructor

"미안, 루미아. 모처럼 휴일인데 네 귀중한 시간을 빼앗아서."

"후훗, 괜찮아요. 선생님. 오늘은 한가했고…… 게다가 왠지 데이트 같아서 즐거웠는걸요?"

"바~보. 놀리지 마."

어느 날 휴일의 정오 무렵.

글렌과 루미아는 페지테의 남쪽 지역— 다양한 점포와 노점이 빼곡하게 모여 있는 상업 지역의 큰길을 둘이서 나란히 걷고 있었다.

그런 글렌은 손에 두 권의 책을 들고 있었다. 오늘 헌책방을 돌아다닌 성과였다.

"뭐, 덕분에 수업에서 쓸 책을 찾았으니…… 아무튼 고맙다."

"아뇨, 별말씀을."

루미아는 와글와글한 인파를 헤치고 걷는 글렌의 등을 바라보며 미소 지었다.

"내 눈에는 괜찮아 보여도 실제로 쓰게 될 학생의 시점이 아니면 판별하기 어려운 점도 있을 테니…… 으, 귀찮아라."

주위가 시끄러우니까 어차피 들리지 않을 거라고 생각했나 보다.

평소의 그답지 않은 투덜거림을 들은 루미아가 기쁜 얼굴로 바라보았지만 당사자는 그 시선을 눈치 채지 못했다.

'시스티랑 리엘도 같이 왔으면 좋았을 텐데……'

그게 조금 아쉬웠지만 오늘은 어쩔 수 없었다.

시스티나는 감기로 드러누운 리엘을 간병 중이었다.

실은 루미아도 남고 싶었으나 시스티나가 리엘은 자신에게 맡기고 선생님과 단둘이 다녀오라며 막무가내로 내보냈기 때문이다.

'사실은 나보다 더 오고 싶었을 텐데…… 본인은 틀림없이 부정하겠지만.'

변함없이 자신의 감정에 솔직하지 못한 절친을 떠올리자 쓴웃음이 나왔다. 그래도 글렌과 즐거운 한때를 보내게 해준 것만큼은 진심으로 고마웠다.

"그건 그렇고 슬슬 점심시간이군."

글렌이 회중시계를 보면서 말했다.

"이대로 해산하기도 좀 그러니…… 어디서 식사라도 하고 갈까? 물론 내가 살게. 오늘 시간을 내준 보답으로."

"예? 정말로요? 후후, 알겠어요. 그럼 감사히 먹겠습니다, 선생님."

예상치 못한 그의 제안에 루미아는 마치 만개한 꽃처럼 활짝 웃었다.

그렇게 해서 두 사람은 음식점과 노점이 늘어선 구역으로 이동했다.

"실은 이 근처에 파스타를 맛있게 하는 숨은 맛집이 있거든."

"그런가요? 후훗, 왠지 기대되네요."

즐겁게 담소를 나누던 두 사람이 인기척 없는 골목길에 들어선 순간—.

"서, 선생님! 저기……!"

"어……?"

길 한복판에 한 여자가 쓰러져 있는 모습이 눈에 들어왔다.

"이, 이봐! 당신, 괜찮아?! 대체 무슨 일이야! 정신 차려!"

글렌은 황급히 달려가서 그 여자를 안아 일으켰다.

투명한 홍차색 붉은머리가 특징인 아름다운 소녀였다. 나이는 글렌보다 연하지만 루미아보다는 약간 연상이 아닐까.

글렌의 손가락을 간질이는 긴 머리카락은 완벽하게 손질이 되어 있었고 일부는 머리 위로 단정하게 틀어 올린 상태였다.

롱 블라우스에 체크무늬 플리츠스커트, 보옥이 달린 루프타이, 목이 긴 부츠, 인버네스 코트 등…… 입고 있는 것들도 고품질 소재를 아낌없이 쓴 최고급품이었다.

소녀를 안아 일으킨 순간부터 코를 희미하게 자극하는 상쾌한 향기의 정체는 분명 향유였다. 그쪽에 관해선 무지한 글렌도 맡자마자 바로 고급품이라는 걸 알 수 있을 정도였다. 틀림없이 이 소녀는 고귀한 가문— 상류계급 출신의 영애이리라.

'그렇다면 배가 고파서 쓰러진 건 아닐 테고…… 겉으로

봐선 상처도 없어. ……설마 무슨 병인가?!'

글렌은 초조함에 사로잡혔다. 자신의 추측이 맞다면 사태는 일각을 다투리라.

"큭! ……루미아, 의사를……."

그 순간이었다.

"……으? ……으으……."

인기척을 느꼈는지 소녀가 희미하게 몸을 뒤척이더니 살짝 눈을 떴다.

라피스라줄리색 눈동자가 힘없이 글렌을 올려다보았다.

"……!"

긴급사태라 지금까지 눈치 채지 못했지만 이 눈빛과 외모는 왠지 낯이 익었다.

"너…… 로잘리냐?"

"……서, 선배……?"

소녀도 지금 자신을 안고 있는 상대가 누군지 어렴풋이나마 인식한 모양이었다. 표정이 곧 기쁨과 놀라움으로 물들어갔다.

"……서, 선……배…… 오, 오랜만……이, 에요……. 마, 만나고…… 싶었……어요. 늘……."

"이 바보야! 말하지 말고 움직이지도 마! 안심해! 당장 의사를 불러올 테니까!"

"아, 뇨……. 의사는…… 됐어요. 어차피…… 소용……없을, 테니까요……."

소녀, 로잘리는 모기처럼 가느다란 목소리로 속삭였다.

의사를 불러봤자 소용없다니 설마 이젠 손쓸 방도가 없다는 뜻일까.

"제길……!"

글렌은 분한 얼굴로 이를 악물었다.

"그, 그보다…… 선배……. 부탁이…… 있, 어요……."

"뭔데! 뭐든지 들어줄 테니까 말해 봐!"

이것이 로잘리의…… 귀여운 후배의 마지막 부탁이 될지도 몰랐기에 글렌은 그 자리에서 즉답했다.

"선……배…… 부디……."

"……음."

글렌은 진지한 얼굴로 마음의 준비를 했다.

"……제, 발…… 밥…… 좀…… 사……주세, 요오……."

"……엥?"

하지만 로잘리의 입에서 튀어나온 엉뚱한 요구에 눈을 휘둥그레 뜰 수밖에 없었고—.

꼬르르르르르르르르륵~.

마침 로잘리의 배가 성대하게 아우성을 쳤다.

잠시 후, 어느 파스타 전문점.

"후르르릅! 우물우물우물!"

"흐음…… 며칠 전, 페지테 동부의 밀레네 유적을 조사했던 유적 조사대가 도적단의 습격을 받아서 발굴한 고대 유물을 전부 빼앗겼다라……."

글렌은 식후 커피를 들며 신문을 읽고 있었다.

"빼앗긴 주요 물품은…… 메갈리스 주화? ……칫, 이 도적단은 프로겠군."

"아구! 아구아구아구! 우걱우걱! 후릅!"

"다행히도 사상자는 제로지만…… 후우. ……세상 참 살벌하구만."

"후릅! 후르릅! 아구아구! 우물우물! 꿀꺽! 푸하……!"

"그건 그렇고……."

관자놀이를 실룩이던 글렌은 손에 든 신문을 고이 접어서 구석에 올려둔 후—

타앙!

주먹으로 세게 테이블을 내리쳤다.

"히익?!"

그러자 로잘리는 입가가 토마토소스로 범벅이 된 채 한심스럽게 몸을 움츠렸다.

"로잘리, 너. 대체 몇 그릇을 먹어야 만족할 거야? 아무리 남의 돈이라지만, 어지간히 좀 하자! 응?!"

글렌은 그녀 앞에 마치 거탑처럼 쌓인 빈 접시들을 원망스럽게 노려보았다.

"애초에 쓰러진 원인도 그냥 단지 배가 고파서?! ……사람 헷갈리게 하지 말라고!"

"그, 그치마안…… 선배. 전 요 일주일간 입에 댄 거라곤 소금밖에 없거든요……? 그러니 어쩔 수 없잖아요오…… 훌쩍."

울먹거리는 표정으로 잔뜩 주눅이든 로잘리를 흘겨본 글렌은 머리를 누르고 한숨을 내쉴 수밖에 없었다.

"진짜 너란 녀석은……."

"선생님, 이 분은 대체……?"

꼴사납게 식탐을 부리는 로잘리와는 정반대로 품위 있게 포크를 사용해 파스타를 입으로 옮기던 루미아가 식사를 멈추고 질문했다.

"아, 소개가 늦었군. 이 녀석은 로잘리. 음, 뭐랄까…… 내가 마술학원의 학생이던 시절의 후배야."

"로잘리 디터트. 디터트 자작가의 차녀예요. 아무쪼록 앞으로 잘 부탁드릴게요."

로잘리는 귀족 영애다운 세련된 동작으로 인사하며 살포시 미소 지었다.

입가는 여전히 소스 범벅이라 전혀 폼이 안 났지만…….

"그리고 이 녀석은 루미아. 마술학원의 학생이자 내 제자."

"아, 전 루미아…… 루미아 틴젤이라고 해요. 로잘리 씨, 저야말로 잘 부탁드려요."

지금 루미아가 입고 있는 평상복 — 캐주얼한 코르셋 드레스와 스톨 — 은 로잘리가 몸에 걸치고 있는 고급품들에 비하면 제법 손색이 있었지만, 그녀의 차분한 태도와 동작과 완벽한 테이블 매너는 오히려 로잘리보다 훨씬 더 고귀한 품격을 자아내고 있었다.

"어? 마술학원? 제자? 그렇다는 건 혹시…… 선배, 설마 우리 학교의 마술강사가 되신 거예요?!"

"아~ 뭐…… 어쩌다 보니?"

"조, 좋겠다아. 그런 좋은 직장에 취업하시다니…… 진짜 부럽잖아요."

"내 사정은 아무래도 됐고."

글렌은 손바닥을 휘휘 내젓고 다시 본론으로 들어갔다.

"그보다 너야 너. 왜 하필 그런 길바닥에 쓰러져있던 거지? 넌 귀족…… 상류 계층이잖아. 애초에 굶주림과는 전혀 인연이 없는 인종일 텐데."

"아주 잘 물어보셨어요, 선배!"

로잘리는 마침 그 질문을 기다렸다는 듯 자리에서 벌떡 일어났다.

"긍지 높은 푸른 피를 계승한 이 몸이 통탄스럽게도 이런 불행한 처지에 놓인 건 그야말로 눈물 없이는 들을 수 없는 사정이…… 음유시인이 노래했다면 청중들이 눈물을 쏟으며 신의 잔혹함을 저주할 법한 드라마가…… 아아, 주여, 주여! 당신은 어째서 나를 버리셨—"

"서론은 됐으니까 후딱 말해!"

참다못한 글렌은 일일이 연기조로 떠들어대는 로잘리의 얼굴에 손수건을 냅다 집어던졌다.

그 후로 로잘리의 신변잡기 고백은 약 한 시간 정도 계속되었다.

"……뭐, 요컨대 낙제생이었던 넌 마술학원을 기적적으로 졸업하긴 했지만, 워낙 성적이 엉망이었던 탓에 지망했던 취직처— 마도탐정 관련 사무소에는 모조리 떨어져서 어쩔 수 없이 가문으로 복귀. 집에서 하릴없이 시간만 보내고 있던 딸을 보다 못한 부모가 정략결혼을 강요하자, 반발한 너는 가족과 거의 인연을 끊다시피 하며 가출. 그래서 홧김에 직접 마도탐정 사무소를 설립. 당연히 수입이 있을 리 없었고, 머지않아 생활비가 전부 바닥나는 바람에 결국 쫄쫄 굶다가 길바닥에 쓰러진…… 거라고?"

"예…… 전 항거할 수 없는 이 거대한 시대의 흐름에 농락당할 수밖에 없었어요. ……운명이란 이다지도 잔혹한 시련이라는 걸 뼈저리게 깨달았죠."

로잘리가 손수건으로 눈가를 훔쳤다.

"잠깐. 그런 것치고는 행색이 꽤 화려한데?"

글렌은 그녀의 값비싸 보이는 복장을 위에서 아래로 흘겨보았다.

"내가 보기엔 꽤 좋은 옷들이야. 살 때 돈 꽤나 썼겠는걸?"

"흐흥, 그야 당연하죠. 전 귀족이니까요! 아무리 사정이 궁핍하더라도 아름답고, 깨끗하고, 자신 있게 있어야만 해요! 설령 식비를 줄여서라도!"

"완전히 자업자득이잖아!"

"히익?!"

타앙!

글렌이 다시 테이블을 내리치자 로잘리는 몸을 소스라치게 움츠렸다.

"애초에 마술학원 졸업생이 취업을 못 했다는 게 말이나 돼?! 학창시절 때도 생각한 거지만, 넌 근본적으로 마술과 맞지 않아! 마술탐정 같은 건 포기하고 집에 가! 후딱 결혼이나 해!"

"아, 아니거든요오?! 아직 시대가 이 고귀한 데다 천재적인 저를 평가할 수 있는 수준에 오르지 못한 것뿐이라구요오!"

로잘리는 울먹이는 눈을 하고 글렌을 필사적으로 노려보았다.

"재기 넘치는 이 몸이, 이 탁월한 능력을 세계에 환원하려고 모처럼 마도탐정 사무소를 세웠는데 이 도시 사람들은 그런 저를 완전히 무시하거나 하고……! 이 세상은 자기보다 고귀하고 우수한 인간을 인정하지 못하는 바보들뿐이에요!"

"바보는 너거든?"

"애초에 가끔 들어오는 의뢰도 애완동물 찾기 같은 시시한 것들뿐이고…… 게다가 요렇게 작은 어린애가 돼지 저금통을 들고 필사적인 얼굴로 자기 개를 찾아달라고 부탁하는데…… 거절할 수 있을 리가 없잖아요오오오오! 으아아아아아앙!"

"진짜 너란 녀석은……."

글렌은 결국 울음을 터트린 로잘리를 기가 막힌 눈초리로 바라보았다.

"……하지만."

그렇게 한동안 울음을 멈추지 않던 로잘리는 갑자기 부활하더니 자신 있게 웃었다.

"제 말 좀 들어보세요, 선배! 실은 이번에 엄청 큰 의뢰가 들어왔어요! 페지테의 미래를 좌우할지도 모르는 대사건이요!"

"호오? 잘됐네."(국어책 읽기)

"예! 사실 방금 선배가 구해주시기 전까지 그 의뢰를 수행하던 중이었어요! 이 의뢰를 완수하면 보수도 듬뿍! 그 실적을 계기로 제 훌륭한 수완이 소문으로 퍼지고, 마도탐정으로서의 빛나는 영광의 첫걸음이 시작되는 거예요!"

"오오, 타오르는걸! 힘내, 로잘리!"(건성)

"예! 맡겨만 주세요!"

로잘리는 무척 자신만만하게 가슴을 폈다.

"……그래서 선배에게 상담할 게 있는데요."

"……?"

"저 좀 도와주세요."

글렌은 봄바람처럼 훈훈하게 웃는 로잘리 앞에서 완전히 굳어버릴 수밖에 없었다.

"아하하…… 실은 제 마술사로서의 초월적인 수완으로도 어려운 사건이라 이미 포☆기☆상☆태라고 해야 할지…… 미궁에 빠지기 직전이라 해야 할지……."

"……."

"뭐랄까…… 그냥 이러쿵저러쿵 따지지 말고 힘을 빌려주세요. 고귀한 자에게 봉사하는 건 서민의 의무잖아요? 홋, 선배에게 이 고귀한 저의 손발이 돼서 봉사할 수 있는 권리와 영광을 드릴 테니까요."(방긋)

그녀의 미소에 담겨 있는 건 오만함이나 멸시가 아닌 순도 100퍼센트의 완벽한 선의였다.

글렌은 잠시 무표정으로 침묵한 후—.

"자, 루미아. 슬슬 가자."

"아, 아아아아아앗~! 자, 잠깐만요 선배애~!"

루미아와 함께 자리를 뜨는 그의 다리를 붙들고 질질 끌려가는 로잘리의 구도가 완성되었다.

"제, 제발 절 버리지 말아주세요! 선배애애!"

"시끄러! 넌 고귀한 데다 엄청나게 우수한 마술사님이시라며?! 혼자서 멋대로 잘해 봐!"

"그, 그런! 저 같은 굼벵이에, 덜렁이에, 얼간이에, 마술사실격에, 사회의 밑바닥을 기어 다니는 쓰레기에게는 도저히 무리라구요오! 그러니까 도움을~! 옛날처러엄~!"

"후우~."

자존심과 체면을 집어던지고 다리에 매달린 채 사정하는 후배의 모습에 글렌은 그저 한숨만 나왔다.

"참 나, 왠지 그립구만……."

"학창시절이요?"

루미아의 질문에 글렌은 고개를 끄덕였다.

"이 녀석, 자존심만 쓸데없이 높은 주제에 마술사로서는 완전히 글러 먹은 낙제생이었거든. 노력가이긴 했지만……."

"그런……가요?"

"당시에는 무슨 일만 생기면 나한테 울며 매달리는 통에 자주 해결해주곤 했지. 남 앞에선 거만하고 고압적으로 구는 녀석이었지만, 사실 뒤에서는 몰래 노력하고 있다는 걸 알아서……."

……도저히 내버려둘 수가 없었다며 글렌은 뺨을 긁적였다.

"이번에는…… 어쩌실 건가요?"

"글쎄다……."

루미아의 물음에 글렌은 입가에 손을 대고 잠시 생각에 잠겼다.

"로잘리…… 그건 그렇고 왜 하필이면 마도탐정인 거냐?"

그리고 로잘리에게 질문을 던졌다.

"애당초 학창시절 때도 생각했던 거다만…… 왜 넌 그렇게까지 마술에…… 마술사에 얽매이는 거지?"

"그, 그건……."

"넌 마나를 마력으로 승화하는 감각이 극단적으로 부족해. ……마술에 적합하지 않은 체질이라는 건 너도 잘 알잖아?"

극단적으로 낮은 마력용량. 그것이 바로 로잘리가 낙제생이 된 가장 큰 이유였다. 단순한 이야기지만 아무리 고도의 주문을 습득한다 해도 본인에게 그걸 쓸 마력이 없으면 의미가 없기 때문이었다.

선천적으로 마력을 조작하는 감각이 결여된 탓에 주문과 술식을 나름대로 개변해서 보완하는 글렌보다도 훨씬 더 심각하다고 볼 수 있는 근본적인 문제였다.

"마도탐정만 아니라면…… 취업할 곳은 얼마든지 있잖아? 너한테는 그 특기도 있으니까. 그런데도 집을 뛰쳐나오면서까지…… 왜 그렇게 마도탐정을 고집하는 거지?"

"그, 그건……."

눈물을 훔친 로잘리는 잠시 시선을 이리저리 굴렸다.

"선배…… 저기…… 웃지 말고 들어주실래요?"

"내용에 따라서."

"저는…… 라이츠 니히가 쓴 『마도탐정 샬록의 사건부』 시리즈의 팬이라…… 주인공인 마도탐정 샬을 동경해서……."

"……!"

글렌은 눈을 살짝 부릅떴다.

"장래에는 저도 샬과 같은 마도탐정이 되고 싶어서…… 부모님께 사정해서 마술학원에 다녔던 거였지만……."

"……."

"선배, 그거 아세요? 샬은 굉장한 사람이에요. 오만하고 고압적인 데다 때로는 남의 공적까지 자기 것으로 삼아버리는 아니꼬운 인물이지만, 실은 검술의 달인에 그 누구보다 여왕 폐하와 제국에 충성을 맹세한 완벽한 귀족인 동시에 마술사예요. 그 탁월한 마술 실력으로 세계의 진리를 파헤치는 것보다도, 자기 주위에서 일어나는 신비한 사건의 수수께끼를 푸는 걸 세 끼 밥보다 더 좋아하는 괴짜지만…… 그만큼 자유롭고 멋진 인물이랍니다."

로잘리가 즐거운 얼굴로 가공의 마도탐정에 대해 열변을 토했지만 글렌은 그 이야기의 내용보다 그녀의 표정에 주목했다.

"아……."

그러자 곧 그녀도 그 시선을 눈치 채고 이성을 되찾았다.

"아, 아하하…… 무, 무리겠죠? ……이런 어린애 같은 시시한 이유로는…… 죄송해요."

그리고 힘없이 어깨를 늘어트리고 고개를 떨구었다.

'……이거 참…… 이야기속의 『마도탐정』을 동경해서라니…….'

글렌은 속으로 혀를 찼다. 이야기속의 『정의의 마법사』를 동경해서 마법사가 된 누군가와 로잘리가 완전히 겹쳐 보였기 때문이다.

"아~ 미안하게 됐다……. 루미아."

그래서 머리를 긁적이며 사과했다.

"오늘은 제대로 집까지 바래다주려고 했다만……."

하지만 루미아는 방긋 웃고 밝은 목소리로 대답했다.

"괜찮아요, 선생님. 알고 있으니까요. 전 신경 쓰지 마시고 로잘리 씨를 도와주세요."

"……어?!"

그 대화를 들은 로잘리가 놀란 얼굴로 화들짝 고개를 들었다.

"서, 선배…… 그럼……?"

"미리 말해두지만, 이번뿐이다? 아무튼 네가 받은 의뢰 내용이나 후딱 털어놔 봐. ……아~ 성가시구만 진짜."

글렌이 자못 귀찮은 얼굴로 그렇게 내뱉은 순간이었다.

"고, 고맙습니다! 선배!"

벌떡 일어난 로잘리가 글렌의 손을 잡더니 정말 기쁜 얼굴로 웃었다.

"선배가 있으면 마음 든든하죠! 선배만 믿을게요!"

"참 나, 너무 비행기 태우지 마."

"그치만 사실인걸요! 학생 때도 선배가 여러모로 도와주고 가르쳐주지 않으셨다면 전 졸업도 못했을 테니까요! 즉, 지금의 제가 있는 건 전부 다 선배 덕분인걸요!"

"일일이 호들갑스럽기는."

하지만 이렇게 존경받고 신뢰받는 건 역시 나쁘지 않았다. '어쩔 수 없구만.'

글렌이 과거를 떠올리며 쓴웃음을 지은 순간—

"알았어요! 그럼 지금 이 순간부터 선배는 저, 마도탐정 로잘리 디터트의 조수가 된 거네요!"

로잘리는 뻔뻔스럽게도 그런 말을 지껄였다.

"……"

"그렇게 됐으니……."

그리고 근처에 있는 의자에 앉더니 찻잔에 홍차를 따른 후 우아하게 입가로 옮겼다.

"글렌 군은 거리로 나가서 정보 수집을. 난 여기서 티타임을 즐기면서 사건에 관해 추리해보도록 하지."

더구나 마지막에는 멋지게 다리를 꼬고 의자에 느긋하게 등을 기댄 완벽한 귀족의 태도로 아주 자신만만한 미소까지 지었다.

"후훗……. 「수수께끼 풀이는 티타임 후에」."(반짝☆)

"……역시 그냥 갈까."

"아, 아아아아아앗?! 죄, 죄송해요! 선배애애애애! 한 번쯤 샬의 명대사를 따라해 보고 싶었던 것뿐이라구요오오오! 자비를! 제발 자비르으으으으을!"

로잘리는 성큼성큼 떠나가는 글렌의 다리에 매달려서 다시 질질 끌려갔다.

"괘, 괜찮으려나……?"

루미아는 쓴웃음을 짓고 위태위태한 급조 콤비의 모습을 가만히 지켜볼 수밖에 없었다.

"참 나…… 대체 뭐가 페지테의 미래를 좌우하는 대사건이라는 건데?"

가게를 나오고 루미아와 헤어진 글렌은 로잘리와 함께 페지테 시내를 걷고 있었다.

"결국 애완동물 찾기였잖아."

"으…… 그건 그렇지만."

로잘리는 거북한 얼굴로 변명했다.

"그, 그치만! 이번에는 보수가 엄청나다구요! 실은 이번 의뢰주는 누가 봐도 유복하고 고귀한 부자였거든요?! 선금으로 50리르나 턱하니 내놓은걸요!"

"뭐?! 50리르?!"

50리르 — 리르 금화 50개 — 는 나름 고액 연봉자 대우를 받는 마술강사의 세 달분 월급에 가까운 금액이었다.

"큭! 나도 그냥 마도탐정이나 돼볼까……. 아무튼 그 문제는 제쳐두고…… 넌 선금으로 50리르나 받은 주제에 왜 그렇게 배를 곯고 있었던 건데?"

"그건, 이걸 봐주세요!"

로잘리는 득의양양한 얼굴로 손에 든 스틱을 글렌에게 내밀었다.

"이 스틱은 여기를 이렇게 빼면…… 자, 보세요! 실은 안쪽에 세검(레이피어)이 들어있는 구조예요!"

"호오."

분리된 손잡이 밑으로 모습을 드러낸, 나뭇결무늬가 인상적인 은빛 검신을 본 글렌의 눈이 절로 가늘어졌다.

"……상당히 좋은 검이구만."

"예, 우츠강(鋼)을 단조한 고급품이에요! 요즘 상류계층에선 이런 소드스틱이 유행 중이거든요. 샬도 애용했던, 고귀한 저에게 걸맞은 아이템! 이걸 단돈 50리르에……."

"넌 바보냐?!"

"아야야! 아파요오오오!"

머리를 덥석 움켜잡고 힘을 주자 로잘리는 울먹이며 비명을 질렀다.

"그건 그렇고 네가 의뢰를 받은 애완동물은 리틀 럭 캐리라는 마수(魔獸)의 새끼가 맞는 거지?"

글렌은 일단 벌을 준 후 확인했다.

"설마 이런 데서 그런 희귀 마수의 이름이 나올 줄이야……. 과연 너 같은 얼간이에게 50리르나 되는 거금을 턱하니 내놓은 부자 나리답구만."

"그, 그 정도로 희귀한 마수인가요?"

그런데 의뢰를 받은 본인이 갑자기 그런 말을 중얼거렸다.

"뭐? 그야 너, 리틀 럭 캐리잖아? 당연히 알지? 마수 리틀 럭 캐리 정도는."

"무, 물론 알죠. 마도탐정은 추리력뿐만 아니라 지식도 끵장하니까요!"

로잘리는 어째선지 당황하며 대답했다.

"다, 다만 희귀하다는 말에 위화감을 느낀 것뿐이에요! 저, 전 귀족이잖아요?! 그 정도 수준의 애완 마수는 상류계층에선 딱히 보기 드문 것도 아니니까요!"

"……하긴, 그럴지도. 귀족에겐 별것 아니려나."

그 대답에서 딱히 별다른 의문을 느끼지 못했는지 글렌은 거기서 화제를 끝냈다.

로잘리가 안도의 한숨을 내쉬고 가슴을 쓸어내리는 것도 눈치 채지 못했다.

"아무튼, 우리가 당장 해야 할 일은 그 애완 마수를 찾는 건데……."

글렌은 설명을 시작했다.

"마도탐정이 일반적인 탐정과 선을 긋는 가장 큰 특징은…… 역시 뭐니뭐니해도 마술을 이용한 탁월한 정보수집 능력이지. 물론 일반적인 탐정처럼 인맥, 독자적인 정보망,

각계의 연줄, 소문, 동업자간의 횡적인 연결고리, 뒷세계 정보, 각 분야에 걸친 폭넓은 전문 지식 같은 것도 중요하지만, 일단 마도탐정을 자칭하려면 역시 무엇보다 마술을 이용한 정보 수집술을 갈고닦아야 해."

그리고 로잘리에게 시선을 돌렸다.

"로잘리. 난 굶주린 사람에게는 먹을 것을 나눠주는 것보다 물고기를 낚는 법을 알려주는 게 진짜 친절이라고 봐. 그런고로 너에겐 지극히 기본적인 정보 수집술을 가르쳐주마."

"예?! 선배, 그런 것도 할 줄 아세요?!"

"뭐, 옛날에 지나가다 배운 거다만."

예전에 소속됐던 제국 궁정 마도사단 특무분실에서 글렌은 첩보 활동에 종사했던 경험도 있었다.

"믿음직스러워요! 과연 선배! 덕분에 살았어요! 학교에선 마술은 가르쳐도 그런 기술까진 가르쳐주지 않으니까요!"

그런 사정을 알 리 없는 로잘리는 순수한 존경의 눈빛을 보냈다.

"아무튼, 로잘리. 네가 가장 자신 있어 하는 탐색, 조사술은 뭐지? 그걸 메인으로 한 조사 스타일을 가르쳐볼까 하는데."

"음…… 제가 가장 자신 있는 건……."

로잘리는 잠시 고개를 들고 생각에 잠긴 후—

"검술이에요!"

태양처럼 환하게 웃으며 당당하게 가슴을 펴고 선언했다.

"".....""

당연히 두 사람은 한동안 무거운 침묵에 잠길 수밖에 없었다.

"어라~? 내 귀가 이상한 건가~? 분명 난 마술을 물어본 거였을 텐데~? 로잘리 구운~?"

"으, 윽…… 수, 숨 막혀……! 항복! 항복! 저, 죄송해요 선배~!"

글렌이 목에 팔을 두르고 조르기 시작하자 로잘리는 그 팔을 찰싹찰싹 치면서 항복을 선언했다.

잠시 후.

"원견(遠見) 마술은? 원청(遠聽)마술은? 사역마와의 감각 동조는? 잔류사념 리딩은? 암시 마술은? 독심 마술은? 염사(念寫) 마술은? 암호 해독 마술은? 이종족간의 언어 번역 마술은?"

"……선배…… 그, 그런 고유 마술급^{오리지널}으로 마력을 소비하는 마술을…… 제가 정말 쓸 수 있을 거라고 생각하세요?"

글렌이 인정사정없이 캐묻자 로잘리는 비지땀을 철철 흘리고 쩔쩔매면서 대답했다.

"전부 초급 범용 마술이다만? 더구나 마술식의 마력 효율 최적화가 진행된 요즘에는 그냥 숨 쉬는 것처럼 간단히 쓸 수 있는 마술이거든?"

"으……."

잠시 어색한 침묵이 흘렀다.

"로잘리."

"왜요? 선배."

"마도탐정은 포기하고 집으로 돌아가."

"으, 으아아아아아아아아앙! 너무해요, 선배애애애애!"

결국 최후통첩을 건네자 로잘리는 성대하게 울음을 터트렸다.

"그치만 넌 마도탐정에게 필요한 마술을 아무것도 못 쓰잖아! 아무리 동경하던 목표라지만, 그런 허접스러운 실력으로 마도탐정은 무슨 마도탐정이냐고!"

"이, 익히긴 했거든요?! 다만 쓰지 못하는 것뿐이라구요오!"

"그게 그거잖아, 이 바보야!"

글렌은 머리를 부둥켜안았다. 설마 이 정도까지 캐퍼시티가 낮을 줄은 예상하지 못했다. 마술학원을 졸업한 것도 요행에 가까운 수준이었다.

"야, 로잘리. 진짜 아무것도 없어? 지금까지 애들의 의뢰로 잃어버린 애완동물을 찾아줬다며?"

그 순간, 로잘리의 표정이 갑자기 확 밝아졌다.

"아, 선배! 그러고 보니 있었어요! 제가 유일하게 제대로 쓸 수 있는 마술! 다우징! 펜듈럼 다우징이에요!"

그리고 품속에서 꺼낸 다우징을 손가락에 걸고 자랑스럽게 가슴을 폈다.

"저에겐 이걸로 수많은 애완동물을 찾아낸 실적이 있다구요!"

다우징. 체인에 룬을 새긴 보석을 단 마도구다. 이것의 진동 폭으로 당사자가 찾는 물건의 행방을 좇는 마술을 가리키는 말이기도 했지만—.

"다우징 탐사는 필요한 물건만 준비할 수 있으면 마술을 모르는 일반인도 쓸 수 있는 거잖아……."

아무튼 마력을 소비하지 않는 마술이다 보니 사실상 마술이라기 보단 정밀도가 높은 점술에 가까웠다.

'하지만…… 보아하니 저 다우징은…… 로잘리가 직접 만든 건가.'

글렌은 로잘리가 자랑스럽게 든 다우징을 유심히 살펴보았다.

'흐음…… 마도구로서는 상당한 물건이야. ……이쪽은 여전하군.'

기본적으로 노력가인 로잘리는 마력이 필요 없는 마술 분야에서만큼은 우수했다. ……사실 마술사인 이상 그런 분야는 거의 없으나마나한 게 당연했지만.

"뭐, 됐다. 아무튼 따라 와, 로잘리."

글렌은 골치가 아픈 머리를 문지르고 다시 걷기 시작했다.

"로잘리. 가장 기초적인 탐색 마술이라 경시되는 경향이 있지만, 사실 다우징도 제법 쓸 만한 기술이야. 경지에 오른 마술사가 쓰면 광맥이나 수맥을 찾아내는 것도 가능해."

글렌은 걸으면서 로잘리가 유일하게 쓸 수 있는 마술인 다우징에 관해 설명했다.

"사실 다우징 하나로 일세를 풍미한 초일류 마도탐정도 있어. 내가 전에도 몇 번이나 말했다시피 마술은 손에 든 카드의 강함이나 숫자가 아니라, 그 카드를 어떻게 쓰느냐가 중요해."

"그, 그렇군요. 하지만 선배……."

로잘리는 침울한 표정으로 대답했다.

"……제 다우징으로는 이번 표적인 애완 마수를 찾을 수 없었는걸요. 몇 번을 해도 잘 안 됐는데……."

"그건 네 방식이 잘못된 거고."

하지만 글렌은 단칼에 부정했다.

"다우징 탐사의 정밀도와 성공률은 사전에 탐색 대상에 관한 정보를 얼마나 많이 수집했느냐에 따라 달라."

"그, 그죠?!"

"머릿속에 입력한 탐색 대상의 각종 정보를 심층 의식에서 무의식적으로 통합 정리하면서, 그 대상이 있을 법한 가능성을 마술적으로 연산한 후 손가락을 통해 연결된 진자의 진폭에 결과를 반영하는 것이 바로 다우징 탐사라는 가능성 연산 마술의 본질이지. 일반인도 쓸 수 있는 데다 이 분야에 정통한 마술사도 있을 정도로 심오한 마술이야."

"흐, 흐흥~♪ 그 정도는 기본이죠!"

"그렇지 않아도 다우징이라는 건 정밀도가 낮은 마술이야. 마술을 걸 지역을 사전 정보를 통해 어느 정도 좁히지 않으면 도움이 되지 않아. 다시 말해, 네가 계속 실패한 건 전부 정보 수집이 부족해서지."

"그쵸~? 사실 전 처음부터 다 알고 있었지만…… 훗, 「당신을 시험했던 거랍니다」!"

"진짜 집에 가고 싶다……."

아마 동경하는 마도탐정 샬의 흉내이리라.

우쭐대는 로잘리 앞에서 글렌은 관자놀이에 시퍼렇게 힘줄을 세웠다.

"참고로 묻겠는데, 이번에 넌 탐색 대상에 관한 정보를 사전에 얼마나 수집했지?"

"훗, 당연히 했을 리가 없죠! 정보 수집 같은 건 귀찮……."

"죽어!"

퍼억!

글렌은 오늘 산 책을 모아서 로잘리의 정수리를 내리찍었다.

"아, 아프잖아요~!"

로잘리는 머리를 누르고 눈물을 글썽였다.

"그러니 성공할 리가 있냐! 하는 짓이 아마추어 이하잖아!"

"그, 그치마안~ 지금까지 다른 애들의 애완동물은 이래도 잘 찾았는걸요~."

"우연이야! 그딴 건!"

'……이런 녀석을 가르쳐야 하는 건가.'

글렌은 다시 두통을 느낄 수밖에 없었다.

"아무튼 일단 이 근처에서 탐문 조사부터 하자. 리틀 럭 캐리는 희귀 마수니까 분명 목격자가 있을 거야."

"그런 목격자가 없으면요?"

"바보야……. 「이 근처에는 없다」라는 것도 다우징 탐사에서는 중요한 정보잖아……."

"아, 그렇군요! 역시 선배!"

그러는 사이에 두 사람은 약간 야릇한 분위기의 번화가에 도착했다.

빼곡히 늘어선 술집과 도박장 등의 유흥 시설. 아직 대낮인데도 술주정뱅이가 길바닥에 쓰러져 있거나, 야한 옷을 입은 여자가 길을 가는 남자에게 호객 행위를 하는 광경이 드문드문 시야에 들어왔다.

"이, 이렇게 천박할 데가……! 진정한 귀족인 제게는 어울리지 않는 곳이네요. ……흥, 저는 한 시도 이런 곳에 못 있겠어요! 그만 가…… 아, 아무것도 아니에요!"

글렌이 뚫어지게 노려보자 로잘리는 몸을 움츠리고 뒤집어진 목소리로 대답했다.

"아무튼 여기서 리틀 럭 캐리에 관한 정보를 모을 거다."

"그, 그치만…… 여기 사람들은…… 딱 봐도 비협조적일 것 같은데요?"

로잘리는 글렌의 등 뒤에 숨어서 조심스럽게 주위를 살폈다.

확실히 그 말대로 행인들은 적의에 가까운 시선으로 두 사람을 관찰하고 있었다.

올 곳을 잘못 찾은 불청객들을 비난하는 눈초리었다.

"그야 그렇겠지. 이 근처는 노동자 계층…… 일반 노동자들이 주로 모이는 곳이니까. 원래 우리와는 인연이 없는 장소야."

알자노 제국은 계급사회다.

물론 모든 계급에 적용되는 법률은 평등했고 법이 보장하는 권리와 의무도 동등했다. 특정 계급이 뭔가 특별한 권리를 갖거나 사회적으로 우대받는 것도 표면상으로는 존재하지 않았다.

다만 실제로 알자노 제국의 국민들이 직업이나 혈통에 따라 상류, 중산, 노동자 계급이라는 세 계층으로 나눠진 건 엄연한 사실이었다. 법적으로 정의된 계급이 아니라 사람들의 의식 속에서 자연스럽게 생겨난 「구분」이라고 표현하는 편이 더 정확하리라.

그런 현실을 불공평하거나 불평등하다고 여기지 않고 본분에 맞게 살 것. 윗계급을 시샘하지 않고 아랫계급을 멸시하지 않을 것. 자신의 계급에 걸맞은 생활과 행동거지를 항상 유념할 것. 윗계급은 밑으로 떨어지지 않도록 노력하고, 아랫계급도 위로 올라가고 싶다면 그만큼 노력할 것. 그것이 이 나라의 전통이자 작법이었다.

"지, 진짜 이런 데서 탐문 조사가 가능한 거예요?! 따, 딱히 쫀 건 아니지만요!"

"뭐, 보기나 해."

글렌은 딱 봐도 겁에 질린 로잘리를 두고 길가에서 브랜디병에 입을 대고 술을 마시는 중년의 육체노동자에게 다가갔다.

"여, 형씨! 요즘 어때?"

그리고 쾌활하게 말을 걸었다.

"……칫. 꺼져, 애송이."

하지만 남자는 글렌을 흘깃 쳐다보자마자 혀를 찼다.

"하하! 너무 그렇게 쌀쌀맞게 굴지 말라고, 형씨! 일하느라 피곤하지? 이 사회는 댁들이 열심히 일하는 덕분에 문제없이 돌아가는 거니까…… 위로하는 의미로 내가 한 잔 쏠게. 응? 자, 여기."

글렌은 주머니에서 동화 몇 닢을 꺼내어 중년 남자의 손에 쥐어주었다.

"흥…… 요즘 젊은것들치곤 이 동네의 방식을 좀 아는군."

"헤헤, 아직 공부 중이야. 그래서 사회 공부하는 김에 좀 물어보고 싶은 게 있는데……."

글렌은 연신 고개를 숙여댔다.

그렇게 십 몇 분 후.

어색했던 두 사람의 대화에는 차츰 탄력이 붙었고 글렌은 말재간만으로 중년남자에게서 필요한 정보를 전부 끌어냈다.

"크하하하! 너, 재밌는 녀석이네? 난 3번가 앨리스 스트리트의 싸구려 펍 『떠버리 잭』에서 동료들이랑 자주 마시는데 너도 다음에 한 번 와라! 또 재밌는 이야기를 들려달라고!"

"어, 땡큐. 생각해둘게!"

서로 어깨를 두드리며 그런 대화를 터놓을 수 있게 된 글렌은 미련이 남은 표정으로 로잘리의 앞에 돌아왔다.

"뭐, 이런 식이지."

"흐에…… 굉장해……."

로잘리는 눈을 휘둥그레 뜨고 글렌을 존경스럽게 바라보았다.

"듣자 하니 이 근처에서 리틀 럭 캐리를 봤다는 소문은 없다나 봐. 저 아저씨가 소속된 노동자 조합의 내부 네트워크에 따르면 꽤 확실한 정보 같더군. 하지만 2번가의 아르돈교(橋) 근처에 애완 마수 애호 클럽이 있으니 거기로 가면 뭔가 알 수 있을지도…… 뭐, 대충 이 정도?"

예상보다 큰 성과를 얻은 글렌도 어쩐지 의기양양한 태도였다.

"이런 식으로 탐색 대상의 흔적에 관한 정보를 모으면 다우징 탐사의 정밀도가 비약적으로 상승하는 거지."

"그렇군요. ……돈을 건네서 정보를…… 알았어요! 그럼 저도!"

"앗, 야! 잠깐!"

로잘리는 쏜살같이 달려갔다.

"저기요! 거기 계신 당신!"

그리고 길 가던 육체노동자 아저씨를 붙잡고 말을 걸었다.

"……뭐야? 아가씨."

"흐흥~! 고귀한 신분의 이 몸이 서민인 당신에게 한 잔 살 테니……."

오만불손하게 선언하고 곧 지갑 속을 확인했지만…… 당연히 땡전 한 푼 없었다.

"서언배애애애애~! 가난이 괴로워요! 가난이 괴롭다구요 오오오오! 으아아~앙!"

"일일이 울면서 매달리지 마!"

하류 계급의 노동자조차 마치 비렁뱅이를 보는 눈길을 보내자 로잘리는 울면서 글렌의 다리에 매달렸다.

그리고 글렌에게 돈을 빌려서 2회전 개시.

찰그랑~.

"홋, 주워도 된답니다?"

길모퉁이에 모여 있는 노동자들의 발밑에 동전을 던지더니 자랑스럽게 가슴을 펴고 그렇게 말했다.

"고귀한 몸으로서 아랫것들에게 적선해드리죠! 그리고 이 몸에게 정보를 건넬 권리를 드리겠어요! 영광스럽게 생각하세요!"

물론, 당연히 노동자들은 관자놀이를 실룩거리며 시퍼런 힘줄을 세우기 시작했다.

"넌 바보냐아아아아아아아아아아아아아?!"

퍼~억!

허겁지겁 달려온 글렌이 로잘리의 뒷통수를 책으로 후려쳤다.

"넌 대체 어떤 교육을 받고 자랐길래 이 모양이야?! 하물며 처음 보는 사람을 상대로! 이건 태생이 귀족이라서 그렇다는 변명이 통할 수준이 아니거든?!"

"그치만 샬이라면 분명 이렇게 말했을걸요? 그에게는 이런 태도가 자연스럽게 허락되는 귀족다운 분위기가……."

"창, 작, 과, 현, 실, 을, 혼, 동, 하, 지, 마!"

글렌은 로잘리의 머리를 양손으로 움켜잡고 격하게 흔들었다.

"이봐, 형씨. 아가씨. ……각오는 됐겠지?"

"참 나, 사람을 깔보는 것도 정도가 있지. ……이래서 난 윗것들이 맘에 안 들어. 이쪽은 확실히 자기 분수를 지키고 있는데 말씀이야?"

"우리 영역을 침범한 죄…… 우리 방식을 모욕한 죄…… 그 몸에 똑똑히 새겨주마."

그리고 당연히 화가 머리끝까지 뻗친 노동자들은 저마다 손가락 마디를 뚝뚝 꺾으며 두 사람을 에워쌌다.

"응, 이건 어쩔 수 없지. 우리가 잘못했으니까."

글렌은 냉큼 로잘리를 공주님처럼 안아들었다.

"처, 철수우우우우우우우우우우우우!"

"꺄아아아악?!"

그리고 쏜살같이 그 자리에서 도주했다.

"선배애애~! 흔들려요! 토할 것 같아요오~!"

"닥쳐! 넌 좀 더 사회의 구조와 냉엄함이라는 걸 배워봐야 해!"

두 사람은 그렇게 간신히 목숨을 건졌다.

그 후로도 두 사람은 애완 마수의 행방에 관한 정보를 수집했다.

"너! 지금 시비거는 거냐?!"

"히익?!"

"아~ 죄송합니다. 얜 머리가 좀 이상한 애거든요. 용서해 주실 수 없을까요?"

하지만 자연스럽게 튀어나오는 오만불손한 태도 때문에 로잘리는 아무런 정보도 모으지 못했다.

애당초 그녀는 학창 시절 때도 마술 외에는 아무것도 모르는 어마어마한 철부지였으니 당연하다면 당연한 결과였으리라.

"진짜…… 못 말리겠구만……."

결국 조사는 글렌이 혼자서 다 하게 되었다.

"이봐…… 그쪽은 순조로워?"

"그럭저럭…… 소문과는 반대로 저 바보녀가 전혀 쓸모가 없다는 걸 알았을 때는 당황했지만……."

"대체 뭐가 애완동물 찾기의 프로라는 건지."

"하지만…… 저 남자 덕분에 어떻게든 될 것 같군."

"헤헤헤."

하지만 두 사람은 몰래 자신들의 뒤를 캐고 다니는 정체불명의 집단이 있다는 건 전혀 눈치 채지 못했다.

시간이 흘러…… 저녁.

"나 원 참…… 결국 내가 거의 혼자 다 했잖아."

"으으…… 면목이 없네요."

리틀 럭 캐리의 행방에 관해 충분한 정보를 모았다고 판단한 글렌이 직접 다우징 탐사를 했고, 두 사람은 현재 다우징이 가리키는 방향을 따라 시내를 이동하는 중이었다.

"내 휴일 하루가 완전히 날아갔잖아, 망할."

"으으…… 정말 죄송해요."

로잘리는 힘없이 어깨를 늘어뜨린 채 글렌의 뒤를 따랐다.

"흐음…… 저기인가."

이윽고 손가락에 건 다우징이 작고 낡아빠진 집을 가리켰다.

"이 반응을 보아하니 그 애완 마수는 저 낡아빠진 집에 빈번히 드나드는 모양인데……."

지붕이 기운 데다 벽에는 금과 구멍투성이인 모습이 한층 더 초라함을 강조했다.

"대체 뭐야? 저 집은. 아무리 그래도 상태가 너무 심각하잖아. ……거의 개집이군. 제대로 된 사람이 살고 있진 않겠어. 안 그래? 로잘리."

오늘 하루를 날렸다는 생각에 짜증이 났던 글렌은 무심코 험한 말을 퍼부었다.

"……저긴 제 탐정 사무소거든요."

하지만 로잘리가 그렇게 중얼거린 순간, 두 사람은 무거운 침묵에 사로잡힐 수밖에 없었다.

"……훌쩍…… 히끅…… 흑…… 그렇……겠죠……. 이런 데서…… 제대로 된 사람이…… 살 리가…… 훌쩍……."

저녁노을 아래에서 로잘리의 오열이 울려 퍼졌다.

"제, 제법 지내긴 편하겠는걸?! 저 기울어진 디자인이 무척 파격적이랄까! 구멍이 송송 뚫려서 여름에는 시원하게 지낼 수 있을 것 같아! 겨울에는…… 으음…… 저 구멍사이로 눈이 쌓인 경치를 즐길 수 있겠는걸?!"

"그건 위로가 아니잖아요!"

결국 로잘리는 소리 내어 울면서 그 자리에 무너지고 말았다.

그 순간—.

"끄응……."

사무소에 난 구멍에서 작은 아기 여우 한 마리가 모습을 드러냈다.

그리고 로잘리에게 다가가더니 위로하듯 몸을 대고 비볐다.

"아…… 그래그래. 내 편은…… 너뿐이구나……."

"로잘리…… 그 녀석은?"

글렌은 눈살을 찌푸렸다.

"아, 얘요? 요전에 다쳐서 쓰러져 있는 걸 주웠는데…… 치료해주고 먹이를 줬더니 묘하게 저를 잘 따라서 그대로 제 사무소에서 살게 둔 애예요."

그 대답에 글렌은 성대한 한숨을 내쉬었다.

"그 녀석이야, 로잘리."

"예?"

"그 녀석이 마수 리틀 럭 캐리라고. 잘 봐. 꼬리가 세 개나 있지? 평범한 여우가 아니라고."

"그, 그래요……?"

글렌은 머리를 벅벅 헤집을 수밖에 없었다.

"리틀 럭 캐리 같은 레어 마수가 아무 데나 굴러다닐 리 없잖아. 그 녀석이 의뢰인이 찾고 있는 애완 마수가 틀림없을 거다. ……참 나, 이런 결말이라니 ……완전히 헛고생이었잖아. 그리고 너, 역시 리틀 럭 캐리가 뭔지도 몰랐던 거지? ……투덜투덜."

로잘리는 자신에게 몸을 문대는 여우 같은 생김새의 마수— 리틀 럭 캐리를 잠시 가만히 바라보았다.

"그런가. 너, 주인이 있는 애였구나. ……역시 돌려줘야겠지? ……앞으로 쓸쓸해지겠네."

아쉬운 듯 아기 여우의 머리를 쓰다듬어주었다.

그러자 아기 여우는 갑자기 등을 돌리더니 사무소에 들어갔다가 다시 로잘리에게 돌아왔다.

그리고 작은 입으로 물고 온 지저분한 주화를 그녀에게 내밀었다.

"끄응……."

"아, 욘석. 또 이런 걸 주워오다니…… 정말 못 말리겠다니까."

로잘리는 쿡쿡 웃었다. 아무래도 자주 이러는 모양이다.

"이걸로 몇 개째더라? 마음은 고맙지만…… 이런 먹을 수도 없고, 돈도 안 되는 걸 가져와 봤자……. 그렇다고 버리기도 아깝고."

하지만 그것을 본 글렌의 얼굴이 갑자기 새파랗게 질리고 말았다.

"야, 로잘리…… 이건 위험해."

"예? 왜요? 선배."

글렌은 속 편하게 대답하는 후배에게 조바심과 짜증이 뒤섞인 목소리로 말했다.

"리틀 럭 캐리라는 여우 마수에게는 신기한 습성이 있어. 자기가 주인이라고 인식한 사람에게 필요한 물건을 모아오는…… 일종의 텔레파시 같은 능력을 지닌 마수지."

"예? 하지만 전 이런 지저분한 동전은 딱히 필요 없는데요?"

로잘리는 눈을 깜빡거렸다.

"이건 추리라기 보단 가설인데…… 아마 처음에 이 아기 여우에게 이 주화를 모아오라고 각인시킨 녀석은…… 이 주화의 가치를 아는 녀석일 거야. 즉, 원래 주인이자 네 의뢰인 말이지."

"예에……."

"그리고 우연히 너로 주인이 바뀌었어. 그래서 이 녀석은 마침 잔고가 바닥나서 돈이 필요했던 너에게 이전 주인이 각인시킨 수집 대상을 모아온 걸 거다. ……아마도."

"하지만 이런 걸 모아와도 쓸 데가……."

"바보야! 이 옛 주화는 며칠 전에 도적단이 강탈한 고대 유물…… 메갈리스 주화라고! 정상적인 루트로 팔면 이거 하나로 호화 주택 하나를 세울 수 있을 정도란 말이다!"

"예? 예에에에에에에에에~?!"

"정보로 먹고사는 탐정이 그런 것도 몰랐던 거냐고!"

글렌은 어처구니가 없다 못해 머리를 부둥켜안았다.

"로잘리…… 강탈 사건이 일어나자마자 이 의뢰…… 이건 절대로 우연이 아니야! 위험한 냄새가 갑자기 풀풀 풍기기 시작했어! 네 의뢰인이란 건 대체……."

그 순간이었다.

"……들켰으니 어쩔 수 없군요."

어느새 두 사람은 인상이 험악한 불량배들에게 포위당해 있었다.

"여우 마수를 이용해서 일단 페지테 시내에 숨겨둔 전리품을 회수 중이었는데…… 모처럼 비싼 돈을 지불해서 조달한 마수가 갑자기 사라졌다 싶더니…… 설마 이런 일이 됐을 줄이야."

"다, 당신은 제게 의뢰를 한!?"

로잘리는 경악한 얼굴로 불량배들의 리더인 듯한 남자를 쳐다보았다.

"그런, 절 속인 건가요?!"

"……과연 속은 건 누구였을까요? 뭐, 됐습니다. 어차피 의뢰가 끝나면 당신은 몰래 처리할 생각이었으니까요."

"큭……! 그런 악랄한……!"

서로를 노려보는 의뢰인과 탐정, 도적단의 두목과 로잘리.

그야말로 언제 사달이 벌어져도 이상하지 않을 분위기 속에서—

"미안, 잠깐 말 좀 해도 될까?"

글렌이 게슴츠레한 눈으로 손을 들었다.

"로잘리…… 넌 대체 이 자식들의 어딜 보고 부자에 고귀한 신분이라고 생각한 거냐? 어딜 어떻게 봐도! 완벽한 악당 얼굴이잖아!"

그리고 로잘리의 머리를 격하게 흔들었다.

"그런 더럽게 수상한 놈들이 갑자기 거금을 제시하면 일단 의심부터 하라고! 이 엉터리 탐정아!"

"그, 그치마안! 이 사람들, 노점에서 닭 꼬치구이 같은 고급요리를 사 먹었는걸요! 보통은 굉장한 부자라고 생각하는 게 당연하잖아요!"

"난 지금만큼 널 불쌍하게 여긴 적은 없었어!"

참고로 닭 꼬치구이의 시가는 약 1셀트(동화 한 닢)였다.

"참 나, 내부 분열입니까? 뭐, 됐습니다! 해치워버리세요! 사정을 아는 자는 전부 처리하는 겁니다!"

"""우오오오오오오오오!"""

그 순간, 글렌을 포위했던 불량배들이 파도처럼 밀려들었다. 저마다 손에 든 나이프가 저녁노을을 반사해 흉악하게 빛났다.

"치잇! 당할까 보냐!"

글렌은 재빠르게 대처했다.

권투 자세에서 경쾌하게 스텝을 밟으며 속사포처럼 주먹

을 내질렀다.

"크허억!"

"아아아아악!"

주먹이 바람을 가르는 소리가 들릴 때마다 불량배들은 비명을 지르고 나가떨어졌다.

"뭐야! 저 녀석은! 강해…… 커헉!"

마치 춤추는 것처럼 뜨거운 스텝을 밟으며 폭풍처럼 휘몰아치는 글렌의 주먹 앞에서 불량배들은 섣불리 다가가지 못했다.

"훗! 이쪽을 보시죠!"

"큭……?!"

하지만 곧 도적단의 두목이 로잘리를 뒤에서 제압한 상태로 고함을 질렀다.

"거기 당신. 저항은 포기하고 항복하십시오! 이 아가씨의 귀여운 얼굴이 어떻게 되도 상관없는 겁니까?!"

그러자 불량배들도 승리를 확신하고 사기를 올렸다.

"과, 과연 두목!"

"크헤헤…… 그건 그렇고 두목. 남자는 그야 당연히 죽인다고 쳐도…… 그 탐정 아가씨, 잘 보니 굉장한 미인 아닙니까. 그냥 죽이기에는 좀 아깝지 않을까요?"

"예, 분명 여러모로 쓸 데가 있을 겁니다. 뭐, 그 전에 우리도 좀 즐겨보겠지만요."

"햣하! 이거 참 흥분되는구만!"

그리고 욕망과 번뇌로 물든 표정을 한 채 내키는대로 지껄여댔다.

"저기…… 이건 너희를 위해서 하는 말인데, 그만둬."

하지만 글렌의 반응은 예상과 전혀 달랐다.

"뭐?"

"응, 인질을 잡는 건 이러니저러니 해도 효과적인 수단이 겠지. ……하지만 그 녀석은 아니야. 포기해."

"흐흥, 대체 무슨……."

그 순간—.

"……용서 못 해요."

로잘리가 갑자기 그런 말을 중얼거렸다.

"……누가 보수를 줄 거죠?"

"예?"

"당신들이 절 속인 거라면…… 대체 누가…… 누가 저에게 보수를 줄 거냐구요오오오오!"

그리고 로잘리의 손에서 눈에 보이지 않을 정도의 속도로 뭔가가 번뜩였다.

"끄아아아아아아아아악!"

다음 순간, 얼굴에 엑스 자 상처가 난 두목이 반사적으로 로잘리에게서 손을 뗐다.

두목의 품에서 빠져나온 로잘리가 손에 들고 있는 건 스틱 안에 숨겨진 레이피어였다.

"이러면 공짜로 일한 셈이 되잖아요! 대체 오늘 하루 동안 몇 칼로리를 소비한 줄 아냐구요! 지금 저 보고 죽으라는 건가요?! 저 같은 사회 부적응자는 죽으라고?! 너무해요!"

푹푹푹푹푹!

"히이이이이이익?! 아파! 아프다고! 그만 찔러어어어~!"

로잘리는 빠르고 숙련된 검놀림으로 두목의 몸을 마구 찔러댔다. 아마 급소는 전부 피했으리라. 정말 무시무시한 기량이었다.

"뭐, 뭐야! 이 녀석은!"

당황한 불량배들이 저마다 나이프를 들고 사방팔방에서 달려들었지만 다음 순간, 나이프들은 일제히 허공을 날았다.

카아아아앙!

로잘리가 휘두른 레이피어가 일격에 쳐 날려버린 것이다.

""""히익?!""""

"무보수로 일한 자의 설움을 똑똑히 느껴보시지이이이이!"

서걱서걱서걱서걱서걱!

""""으아아아아아아아아아아아아아아아아아악!""""

그런 질풍노도, 아비규환의 지옥도 앞에서 글렌은 홀로 탄식했다.

"이럴 줄 알았다고……. 저 녀석, 마술은 글러먹었어도 검술만큼은 굉장하니까."

아무튼 학창시절 때도 마술 금지의 검술 시합에서 몇 번이나 우승했을 정도다. 그 덕분에 경라청의 높으신 분이 몇 번이나 러브콜을 보내기도 했다.

"로잘리…… 역시 넌 목표를 잘못 잡았어."

그리고 상황이 종결된 후—.

철컥!

"홋……「쾌도난마(快刀亂麻)를 자르는…… 내가 풀 수 없는 수수께끼는 없다」랍니다."

기절한 불량배들의 처참한 잔해 한복판에서 로잘리는 검을 다시 스틱에 꽂고 나직하게 중얼거렸다.

"네 경우는 실제로 베어버린 거지만 말이지."

아마 샬의 마무리 대사를 인용해서 멋지게 폼을 잡으려 한 로잘리를 바라보며 글렌은 기가 막힌 얼굴로 태클을 걸었다.

이윽고 신고를 받은 페지테 경비관들이 현장에 출동해 도적들을 연행해갔다.

"이야~ 굉장한 공적을 세우셨군요!"

현장 책임자인 듯한 경비관이 로잘리의 활약을 칭송했다.

"설마 당신처럼 아름답고 가련한 아가씨가 놈들을 혼자서 생포하다니! 덕분에 도난당한 옛 주화도 전부 회수했습니다! 정말 감사드립니다!"

"예? 아…… 예."

어쩌다 보니 사건을 해결한 공로자가 된 로잘리가 눈을 깜빡거리며 대답했다.

"사실 저 놈들은 어떤 악의 지하조직…… 마피아와도 밀접한 관계가 있는 놈들이었습니다. 만약 이 옛 주화들을 팔아치운 막대한 자금이 그쪽에 흘러들어갔다면 저희로선 속수무책인 상황이었지요!"

"당신 덕분에 페지테 진출을 노린 마피아의 야망을 분쇄할 수 있었습니다!"

"고마워요! 정말 고맙습니다!"

그 말을 들은 글렌은 생각했다.

'어째 진짜 저 녀석 말대로 페지테의 미래를 좌우하는 대사건이 됐구만. ……뭐, 우연이겠지만.'

경비관들에게 실컷 칭찬을 받던 로잘리는 곧 의기양양한 얼굴로 이렇게 선언했다.

"훗, 전부 제 추리대로였네요."

"예?! 서, 설마……?"

"예. 전 처음부터 전부 눈치 채고 있었어요."

아주 당당한 태도로…….

"제가 거둔 이 아기 여우가 이 옛 주화를 제게 가져 온 걸 본 순간, 최근 이 도시의 정세와 소문을 종합해서 바로 추리해냈어요. ……이 아이의 뒤에서 준동하는 악의 움직임을요."

"그, 그런!"

"그래서 도적단을 끌어내기 위해 이 아이를 몰래 숨겨두고 있었던 거예요. ……제게 위험이 닥치는 걸 무릅쓰고요. 여러분, 경비대에 신고해버리면 놈들은 틀림없이 꼬리를 자르고 도망쳤을 테니…… 이번 사건만큼은 제가 직접 결판을 낼 수밖에 없었던 거죠."

"옳거니! 그랬던 거였군!"

"이, 이렇게 용감할 데가!"

"딱히 특별한 일은 아니에요. 제국에, 그리고 여왕 폐하께 충성을 맹세한 일개 제국민으로서 당연히 해야 할 일이었죠. 그게 바로 상류계급인 귀족의 의무이자, 마술사의 의무이니까요."

"""오오……."""

감동한 경비관들은 존경스러운 눈으로 로잘리를 바라보았다.

"저 녀석…… 아주 제 형편에 맞춰 멋지게 끝마무리를 짓고 있구만."

글렌은 그저 기가 막힐 수밖에 없었다.

"자, 그만 가죠! 나의 조수 글렌 군! 다음 사건이 저희를 부르고 있어요!"

"……난 슬슬 널 진심으로 때려주고 싶어졌다만."

로잘리를 경비관들의 경례를 한 몸에 받고 천천히 떠나갔다.

"잠깐만요! 저, 거기…… 하다못해 당신의 성함만이라도……!"

하지만 경비관이 그렇게 물어보자—.

"저 말인가요?「전 로잘리 디터트…… 마도탐정이랍니다」."(씨익☆)

붉게 타오르는 저녁노을 속에서 로잘리는 상쾌하게 등으로 대답했다.

"과, 과연 마술사……."

"노블레스 오블리주를 실천하는 진짜 귀족이 이런 곳에 있었을 줄이야!"

"로, 로잘리 씨……!"

'……마술도 제대로 못 쓰는 주제에.'

며칠 후—.

"선생님, 다 쓴 실험기구는 제대로 정리해달라고 몇 번이나 말씀드렸잖아요! 저도 오늘은 못 참……!"

시스티나가 교실 창가에서 신문을 읽는 글렌을 향해 여느 때처럼 기운차게 달려왔다.

"어? 그 기사는……."

하지만 마침 글렌이 펼친 신문에 의식이 쏠렸다.

그 페이지에는『탐정 소녀의 공적!』,『마피아의 음모를 미연에 방지한 수완가 마도탐정, 그 이름은 로잘리 디터트!』라

는 기사 제목이 호쾌하게 적혀 있었기 때문이다.

"앗! 저, 이 뉴스 알아요! 아버지도 자칫하면 마피아가 페지테에 진출할 뻔했다고 하셨어요."

아무래도 설교보다 기사 내용에 더 관심이 간 모양이었다.

"위험을 무릅쓰고 페지테를 위해 홀로 음모에 맞선 로잘리 씨에게는 정말 아무리 감사를 드려도 부족할 정도예요."

"……응, 그러냐."

글렌은 뭐라 형언할 수 없는 표정으로 쓴웃음을 지을 수밖에 없었다.

그런 그의 속내를 어렴풋이 눈치챈 루미아가 싱글벙글 웃었고 리엘은 살짝 고개를 갸웃거렸다.

"그건 그렇고 마도탐정 로잘리 씨는 대체 어떤 분일까요? 홀로 음모에 맞서서 사건을 해결했을 정도로 용감한 수완가라고 하니…… 분명 굉장한 마술사겠죠? 존경스러워라……."

"글쎄다? 어쩌면 무지 글러 먹은 탐정일지도?"

"그럴 리가 없잖아요! 만난 적도 없는 사람에게 그런 실례되는 평가라니요!"

"예예~ 그러십니까."

글렌은 어깨를 으쓱인 뒤 신문을 접어두고 떠나갔다.

"앗! 잠깐 기다리세요! 그러고 보니 드릴 말씀이 있었어요! 다 쓴 실험기구는 제대로……!"

그러자 시스티나가 그 뒤를 쫓았고 루미아와 리엘도 따라갔다.

이렇게 해서 운명적인 재회를 한 글렌과 로잘리.

이 날을 기점으로 두 사람은 페지테에서 일어나는 수많은 사건에 휘말리게 되지만…….

그건 또 다음 기회에 다뤄보도록 하자.

마술학원
두근두근 체험학습회

Open Magic Academy

Memory records of bastard
magic instructor

마술학원 동관 5층 안쪽에 있는 지금은 한산한 학생회실.

"세월이 흐르는 건 정말 빠르네."

안뜰과 마주보는 창가에 선 한 여학생이 밖을 내려다보며 혼잣말을 중얼거렸다.

그슬린 은처럼 윤기 있는 회색 머리카락과, 고급 대리석처럼 새하얀 피부와, 흑진주 같은 검은 눈동자가 인상적인 소녀였다.

그녀의 이름은 리제 필마. 3학년 수석이자 알자노 제국 마술학원의 학생회장이기도 한 재녀였다.

"이 학교에 입학했던 게 바로 엊그제 같은데……."

"저, 저기…… 선배?"

시스티나는 어째선지 조금 전부터 혼자 감상에 젖은 한 살 위의 선배에게 조심스럽게 말을 걸었다.

"아, 미안."

그러자 리제가 살포시 웃고 고개를 돌렸다.

"오늘은 갑작스러운 호출에 응해줘서 고마워, 시스티."

"아뇨, 다른 사람도 아닌 선배의 부탁인걸요."

"글렌 선생님도 와주셔서 정말 감사합니다."

"참 나, 대체 뭐냐고. ……난 빨리 집에 가서 낮잠이나 자고 싶거든?"

글렌은 시스티나 옆에서 의욕 없는 얼굴로 하품을 삼켰다.

두 사람은 셋이서 잠시 이야기를 나누고 싶다는 리제의 요청으로 방과 후에 학생회실을 방문한 것이었다.

"하암…… 할 말이 있으면 얼른 해줄래? 학생회장 씨."

"그게……."

리제는 조심스럽게 입을 열었다.

"……실은 이번에 학생회의 주도로 마술학원 체험학습회를 열게 됐는데요."

마술학원 체험학습회.

리제의 설명에 따르면 장래 마술학원에 입학하려는 아이들에게 사전에 마술학원의 분위기를 알려주기 위해 교내를 안내하고 간단한 마술 수업을 하는, 학교 창립 이래 처음으로 시도하는 학생회 주도의 기획이라는 모양이었다.

"괴, 굉장해요! 폐쇄적인 교풍의 우리 학교치곤 엄청 혁신적인 기획이잖아요!"

"흐응……? 고생하네."

리제의 설명을 들은 시스티나가 눈을 반짝였지만 글렌은 딱히 관심이 없는지 모호하게 대답했다.

"어, 어라? 그렇지만, 선배……?"

"네가 무슨 말을 하고 싶은지는 알아."

시스티나가 고개를 갸웃거리자 리제는 조용히 고개를 끄덕였다.

"맞아. 네 걱정대로 학생회는 요즘 무척 바빠."

"그, 그쵸? 각 위원회와 클럽 회계 감사와 예산 결의, 차기 학생회장 선거전 준비, 크라이토스 마술학원과의 학생 교류회와 완전히 타이밍이 겹쳤는걸요. 설마 이럴 때……?"

"그 설마야."

리제는 살짝 한숨을 내쉬었다.

"이번 체험학습회는 계획이 제대로 잡히지도 않았는데 학교 본부 사무국 총무 기획부에서 제멋대로 외부 참가자를 모집해서…… 벌써 희망자가 가득 차 버렸어. 우리도 요즘 일이 밀려서 대응이 늦어져버렸지 뭐야."

"아이고……."

"게다가 이번 기획은 학교 이사회 분들도 의욕적인 만큼 중지할 수도 없는 노릇이라…… 우리도 나름 애써봤지만, 가장 중요한 체험 수업을 맡아주실 강의자를 찾지 못해서 이대로 가면 제대로 된 수업을 할 수가 없는 상황이야."

리제는 자조하는 표정으로 다시 한숨을 내쉬었다.

"그래서 두 분께는 부탁이 있어요. 먼저 글렌 선생님께는……."

"거절한다!"

글렌은 말이 채 끝나기도 전에 황급히 소리쳤다.

"시, 싫거든?! 어차피 나한테 체험 수업을 맡아달라는 거겠지?! 단호히 거부하겠어!"

"그걸 어떻게 좀…… 선생님의 강의 실력은 저도 소문으로 자주 들었어요. 그러니 아무쪼록 협조를……."

"흥~이다! 그런 성가신 일은 사양하지! 그런 고로 이 글렌 선생님은 매일 같은 격무로 마모된 심신을 치유하고자 혼자 쓸쓸히 귀가하겠습니다! 바이바이~!"

글렌은 대답을 기다리지도 않고 쏜살같이 학생회실을 뛰쳐나갔다.

"자, 잠깐만요! 선생님! 좀 진지하게 이야기를…… 앗! 벌써 없어?! 정말 사람이 왜 저러는지!"

시스티나는 눈 깜짝할 사이에 사라진 글렌에게 화를 냈다.

"유감이네요. ……글렌 선생님이 도와주신다면 좋은 체험 수업이 될 수 있을 거라고 생각했는데……."

리제는 아쉬운 듯 쓴웃음을 지었다.

"선배! 뭔가 제가 할 수 있는 일은 없나요?!"

시스티나가 몸을 바싹 내밀었다.

"너라면 이미 눈치챘겠지만, 내 부탁이라는 건……."

"체험 수업을 맡아줄 교수, 강사진에 대한 설득 교섭이죠?"

총명한 시스티나의 대답에 리제는 미안한 듯 시선을 내리깔았다.

"이런 일을 학생회 관계자도 아닌 너에게 부탁하는 건 마음 아프지만…… 정말 일손이 부족해. 외부인 중에 이런 부탁을 할 수 있는 건 너밖에 없어서……."

"걱정하지 마세요! 선배를 위해서라면 불속이든 물속이든 마다하지 않을 테니까요!"

시스티나는 가슴을 두드리며 당차게 선언했다.

"늘 고마워, 시스티."

리제는 온화하게 웃은 후 장난스러운 눈으로 그녀를 바라보았다.

"저기, 너도 학생회에 들어오지 않을래? 그럼 나도 기쁠 테고 물러난 후에도 안심할 수 있을 것 같은데…… 어때?"

"아, 저기, 그건…… 말씀은 기쁘지만……."

"농담이야. 넌 네 꿈을 실현시키기 위해 늘 바쁠 테니까."

리제는 쿡쿡 웃었다.

"설득 교섭은 학생회 쪽에서도 계속 진행해볼게. 아무튼 넌 한 사람이라도 좋으니 체험 수업을 맡아주실 교수님이나 강사분을 찾아줬으면 좋겠어."

"예. 맡겨만 주세요!"

이렇게 해서 시스티나는 경애하는 선배를 위해 체험 수업을 맡아줄 교수나 강사를 찾기 시작했지만―.

"사양하지!"

학교 건물 복도에 할리의 쩌렁쩌렁한 고함이 울려 퍼졌다.

시스티나는 머리가 아파오는 걸 느끼고 표정을 씁쓸하게 일그러뜨렸다.

"어떻게 좀 안 될까요? 할리 선생님."

"끈질기군! 몇 번이나 똑같은 말을 하게 하지 마라, 시스티나 피벨!"

시스티나도 필사적으로 매달렸지만 할리의 반응은 결코 호의적이지 않았다.

"난 마술 논문을 집필하느라 바빠! 잘 들어라, 내 논문이 늦어지면 그만큼 세계의 마술 발전도 늦어지는 거다! 알아 들었으면 어서 내 눈앞에서 사라져!"

그 말을 끝으로 할리는 어깨를 들썩이며 떠나갔다.

"역시 무리야? 시스티."

약간 떨어진 곳에서 상황을 지켜보던 루미아가 조심스럽게 말을 건넸다.

"응…… 계속 설득해봤자 안 통할 것 같아."

시스티나는 한숨을 내쉬고 할리의 등으로 시선을 돌렸다.

"필요한 강의자는 넷…… 어지간한 강사나 교수님께는 전부 타진해봤지만, 전멸이었어. ……이래선 기간까지 사람을 모으는 건 도저히 무리일 것 같아."

그리고 암담한 심정으로 얼굴을 손으로 덮었다.

"있잖아. 할리가 시스티나 말을 듣게 하면 되는 거야?"

루미아의 뒤에서 고개를 빼꼼 내민 리엘이 갑자기 그런 말을 꺼냈다.

"……뭐, 그렇지만…… 무리야. 완전히 아집에 빠졌는걸."

"괜찮아. 나한테 맡겨."

"뭐?"

제지할 틈도 없이 리엘의 작은 몸이 경쾌한 발소리를 내며 할리의 뒤를 쫓았다.

"할리!"

"억?!"

뒤에서 빠르게 다가오는 범상치 않은 기척에 그가 반사적으로 등을 돌린 순간—.

부우우웅!

하얀 칼날이 세차게 공기를 갈랐고 압도적인 검압이 좁은 복도에서 그야말로 폭풍처럼 휘몰아쳤다.

"어, 어, 어어……?"

경악한 얼굴로 몸을 떠는 할리의 눈앞에는 리엘이 서 있었다. 졸려 보이는 무표정으로 어디선가 꺼낸 대검을 양손으로 휘두른 자세로…….

투둑, 후두둑…… 툭…….

그리고 할리의 정수리에서 잘린 머리카락이 조용히 바닥으로 떨어져 내렸고, 복도의 램프 불빛을 반사한 그의 두피가 애잔하게 번들거렸다.

"할리. 시스티나의 말을 들어줘. 안 그러면……."

리엘은 무표정으로 대검을 세워들었다. 그 기계적인 동작과 마치 인형 같은 모습은 감정이라고 할 만한 게 전혀 느껴지지 않는 만큼 어지간한 협박보다 훨씬 더 두렵게 다가왔다.

"리에에에에에에에엘!"

"죄송해요, 할리 선생님! 저희가 따끔하게 한 마디 해둘게요!"

당황한 시스티나와 루미아가 달려와서 리엘의 양팔을 붙들었다.

"히이이이익?! 사, 사람 살려어어어어어!"

공황상태에 빠진 할리는 허겁지겁 달아났다.

"아, 기다려. ……응? 설득이 부족해? 그럼 좀 더 설득해 볼래."

""물리적인 설득은 안 돼!""

그렇게 복도가 엎치락뒤치락하는 소녀들의 목소리로 시끄러워진 그때—.

"참 나, 너희들. 거기서 뭐 하냐?"

"아."

우연히 지나가던 글렌이 기가 막힌 목소리로 말을 걸었다.

"……그래서 결국, 체험 수업을 맡아줄 강의자를 아직까지 한 사람도 못 찾았다고……?"

사정을 들은 글렌은 기가 막힌 듯 한숨을 내쉬었다.

"하얀 고양이, 너도 참 어지간하다. 그런 부탁을 가볍게 받아들이지 마. 네가 무슨 학생회 임원인 것도 아니잖아?"

"그, 그건 그렇지만……."

"애초에 이번 일은 상의도 없이 참가자를 모은 학교 측과 대응이 늦은 학생회에 잘못이 있잖아? 네가 굳이 뒤치다꺼리를 할 필요는 없어. 헛고생은 그만하고 당장 때려치워."

"그래도 저는……."

시스티나는 미적지근한 태도로 시선을 내리깔고 입을 다물었다.

"야, 하얀 고양이. 하나만 물어보자."

그러자 글렌이 갑자기 질문을 던졌다.

"넌…… 왜 그렇게까지 그 기획에 집착하는 거지? 다시 말하지만, 넌 딱히 학생회 임원인 것도 아니잖아?"

"그건……."

시스티나는 잠시 망설였으나 곧 체념한 표정으로 입을 열었다.

"전 그저…… 리제 선배의 힘이 되어드리고 싶은 것뿐이에요."

"호오? 혹시 그 쿨한 미인 학생회장에게 무슨 약점이라도 잡힌 거냐?"

글렌은 어깨를 으쓱이고 그녀를 흘겨보았다.

"리제 선배에게는…… 제가 1학년일 때 굉장히 많은 신세를 졌거든요."

"흐응?"

"전 이 학교에 입학하기 전부터 아버지께 꽤 본격적인 지도를 받은 덕분에…… 동급생들보다 마술 실력이 월등히 좋았어요. 그러다 보니 갓 입학했을 당시의 저는 엘리트 의식에 사로잡혀서 무의식중에 주위를 깔보는 언동만 일삼았었죠."

시스티나는 먼 곳을 바라보는 눈으로 자신의 과거를 이야기했다.

"그랬으니 당연히 주위에선 절 피했고…… 루미아 외에는 전부 절 무시하게 되고 말았어요. 그런데도 당시의 저는 왜 제가 미움받는지조차 몰랐는데……."

시스티나의 말에 따르면 그런 당시의 그녀에게 친절하게 다가와 마술 실력만으로는 결코 해결할 수 없는 타인과의 다양한 접근 방식을 가르쳐준 것이 리제…… 시스티나가 존경하는 선배였다는 모양이다.

"리제 선배는 이 학교를 무척 좋아해요. 학교를 위해 뭔가를 해보려고 학생회장이 됐을 정도로요."

"……그건 또 취향 한 번 별나구만."

"그러게요."

시스티나는 쿡 웃음을 터트렸다.

"하지만 그랬던 선배도 이젠 임기가 얼마 남지 않았어요. 선배가 이 학교를 위해 뭔가를 할 수 있는 시간도요."

마술학원의 1년은 여름 방학을 낀 전반기와 후반기로 나뉘어 있고, 학생회의 임기는 3학년 후반기 초까지였다.

즉, 놀라운 수완을 발휘해서 학생들과 학교를 위해 많은 개혁과 기획을 펼쳐온 희대의 학생회장 리제 필마의 은퇴도 그리 멀지 않은 미래인 것이다.

"리제 선배는 지금 사랑하는 마술학원을 위해 남겨진 시간 동안 조금이라도 학교에 이익이 될 만한 일을 하려고 필사적이에요. 이 체험학습회도 더 나은 마술학원의 미래를 위해서라고……."

"……."

"저는 그런 선배의 힘이 되어드리고 싶었어요. 선배가 아무것도 몰랐던 작년의 저를 도와줬을 때처럼요. ……하지만 분해요. 제 힘이 부족하다는 것만 자각하게 돼서…… 정말 아쉬워요."

시스티나는 슬픈 얼굴로 한숨을 내쉬었다.

"흐응…… 신세를 진 사람에게 은혜 갚기라……. 참 나, 어쩔 수 없군."

그러자 무슨 생각을 한 건지―.

"……점심 도시락 사흘분. 그걸로 한 자리 맡아주마."

글렌이 갑자기 그런 제안을 꺼냈다.

"……예?"

"그리고 어차피 다른 강의자도 찾을 데가 없지? 그건 내가 알아서 골라주마. 개인적으로 짚이는 녀석들이 있으니까."

"예? ……예?"

"다만, 조건이 있어."

그리고 시스티나에게 얼굴을 불쑥 내밀었다.

"난 내 방식대로 할 거니까 불평하지 마."

"아, 아뇨…… 상황이 이러니…… 오히려 감사하지만……
그런데 대체 무슨 바람이 부신 거예요?"

"……뭐, 너에겐 이래저래 신세를 졌으니까…… 가끔은……."

"예? 지금 뭐라고 하신 거예요?"

글렌이 뭔가 중얼거리자 시스티나는 그렇게 캐물었다.

"아무것도 아니야."

하지만 그는 뭔가 못마땅한 표정으로 다시 얼굴을 불쑥
내밀었다.

"잘 들어. 착각하지 마. 난 그냥 이번 달 지갑 사정이 아
슬아슬해서 마침 점심 값이나 벌어보려고 어, 쩔, 수, 없,
이 이런 귀찮은 일을 도와주는 것뿐이니까. 알았냐?"

그런 두 사람을 루미아는 방긋방긋 웃는 얼굴로, 리엘은
졸린 듯한 멍~한 눈으로 바라보았다.

"루미아. 저걸 『츤데레』라고 하지? 요전에 웬디한테 배웠
어. 남자 『츤데레』는 기분 나쁘다고. 글렌, 기분 나빠?"

"아하하, 선생님도 솔직하지 못한 분이시니까."

리엘이 순박하게 그런 질문을 하자 루미아는 쓴웃음을 지
을 수밖에 없었다.

"그래도 잘됐다, 시스티. 글렌 선생님이 도와주신다고 해

서. 게다가 다른 강의자분들도 모아주시겠다니……."

"으, 응! 아무튼 이걸로 일보 전진이네!"

지금까지 고생한 반동인지 시스티나는 글렌에게 기쁜 얼굴로 솔직하게 고개를 숙였다.

"저기, 아직 뭐가 뭔지 잘 모르겠지만…… 아무튼 감사합니다! 선생님!"

"아~아…… 덕분에 난 지금부터 강의자 후보들이랑 지루한 교섭 작업을 해야 하는군. ……잔업 수당은 나오려나?"

글렌은 피곤한 목소리로 중얼거리고 등을 돌렸다.

"아, 선생님! 벌써 교섭하시려구요? 그럼 저도 같이……."

"아니, 너희는 됐다. 이야기가 더 번거로워질 테니까."

그리고 따라오려는 소녀들을 손으로 제지했다.

"뭐, 여긴 나에게 맡겨둬. 나쁘게 만들지는 않을 테니까."

이상할 정도로 자신감이 넘치는 미소가 왠지 믿음직스럽게 느껴졌다.

"……아, 예. 잘 부탁드릴게요, 선생님."

그래서 시스티나는 고개를 꾸벅 숙일 수밖에 없었다.

마침내 체험학습회 당일.

이번 체험학습에 참가하는 어린 소년소녀들이 이른 아침부터 마술학원 안뜰에 모여 있었다.

"마술이라는 건 참 신비하고 멋지지 않니? 나도 마술사가 되고 싶어."

"응, 정말 멋지지!"

"난 장래에 반드시 이 학교에 들어와서 공격 마술^{어설트 스펠}을 잔뜩 익힐 거야! 최강의 마술사가 될 거라구!"

아이들은 저마다 마술에 대한 꿈과 동경을 가슴에 품고 눈을 반짝였다.

"……선생님, 진심이세요?"

그런 아이들과 약간 떨어진 곳에서 시스티나는 오늘 체험 학습회 일정표에 기재된 강의자 리스트를 새파랗게 질린 얼굴로 노려보고 있었다.

"그야 진심이고말고."

"조, 좀 더 이 자리에 어울리는 적절한 강의자분들은 없었나요?"

"아앙? 그런 불평은 결국 한 사람도 못 데려온 학생회 놈들한테나 해."

"그, 그치만. 그치마안……."

허둥지둥하는 시스티나의 귀에 루미아가 살며시 속삭였다.

"걱정하지 마, 시스티. 선생님도 분명 뭔가 나름대로 생각이 있으신 걸 거야."

"생각이라니……."

시스티나는 다시 리스트의 이름을 확인했다.

또 불길한 예감밖에 들지 않았다.

글렌의 교섭 덕분에 오늘 체험수업을 맡게 된 자들은……
한 마디로 말하면 위험한 인간들이었다. 정상인도 한 명 껴
있었지만, 그쪽도 다른 의미로 남들 앞에 세우는 게 걱정되
는 사람이었다.

즉, 이런 공적인 장소에는 절대로 내보내선 안 되는 인물
들인 것이다.

"으으, 죄송해요. 선배…… 오늘 체험학습회는 망칠지도……"

시스티나는 힘없이 고개를 떨구었다.

그러자 마침 수업 시작을 알리는 종이 울리고 줄지어 선
아이들 앞에 첫 번째 강의자가 상쾌하게 등장했다.

"우훗♪ 얘들아, 안녕~☆"

귀여운 포즈를 잡고 인사한 건 마술학원의 교수인 세리카
였다.

하지만 평소의 고딕 드레스 차림이 아니라 리본과 보석으
로 반짝거리는 드레스와 망토, 삼각 모자, 끄트머리에 별이
달린 지팡이…… 그야말로 눈부실 정도로 컬러풀한 귀여운
의상을 차려입고 있었다.

"내 이름은 마법소녀 세린 양! 이 학교의 마법 선생님이
야! 공부를 워낙 싫어해서 아직도 제3계제^{트레데}지만, 너희는 나
처럼 되면 안 된다? 꺄핫♪"

묘령의 절세미녀가 마치 꿈꾸는 소녀처럼 행동하자 아이
들은 아연실색할 수밖에 없었다.

"저, 건, 대, 체, 뭐, 예, 요."

시스티나는 현기증을 느끼고 글렌을 비난 섞인 눈으로 노려보았다.

"어, 어쩔 수 없잖아! 이럴 때 세리카 아르포네아를 내보내지 않으면 언제 내보내겠냐고!"

세리카 아르포네아. 북대륙에서 명망 높은 제7계제— 최고위의 마술사. 4백 년이라는 세월을 거쳐 온 살아있는 전설. 셉텐데

전 대륙에 널리 퍼진 그 이름에는 온갖 영광과 무용담뿐만 아니라 진위를 알 수 없는 악랄한 소문과 잔혹한 일화도 꼬리를 물고 따라다녔다. 그리고 대부분의 경우는 외경과 공포, 혐오감을 동반했다.

그러니 세리카가 정체를 밝힌다면 아이들이 공황 상태에 빠질 가능성도 있었다.

원래 그녀는 이런 장소에 내보내면 안 되는 인물의 필두였지만, 인원 부족이라는 잔혹한 현실 앞에서 어쩔 수 없이 선택한 고육지책이—

"오늘은 나랑 같이 마법을 배워보자☆ 괜찮아! 이 마법소녀 세린 양에게 맡겨두렴♡"

바로 눈앞의 이 결과였다.

"그건 그렇고 생각보다 더 보기 괴롭네. 토할 것 같아."

제아무리 글렌이라도 당황하지 않을 수 없었나 보다.

"선생님! 좀 더 멀쩡한 강의 계획은 없었던 거예요?!"

"그, 그치만 세리카 녀석이 직접 세운 데다 묘하게 의욕이 넘치길래……."

그 순간이었다.

"저, 저기요……."

한 아이가 조심스럽게 손을 들었다.

"응? 뭐니? 아가야?"

"저기…… 세린 선생님, 방금 마법소녀라고 하셨죠? 하지만, 으음…… 소녀?"

작은 용사가 고개를 살짝 갸웃거리며 그렇게 말하자—

"근원소^{오리진}까지 분해해서 이차원 공간에 확 뿌려버려 줄까☆"

세리카는 귀여운 척 하는 미소를 유지한 채 소름이 돋을 정도로 살벌한 목소리로 선언했다.

그 뭐라 형언할 수 없는 압박감과 위압감에 아이들은 한순간 꽁꽁 얼어버릴 수밖에 없었다.

"자, 자자! 마법소녀 세린 양의 수업을 시작할게~!"

"다, 다들 마법소녀 세린 양의 이야기를 얌전히 잘 들으렴! 응?"

그러자 글렌과 시스티나는 뒤집어진 목소리로 묘하게 『소녀』라는 단어를 강조하며 허둥지둥 분위기를 수습했다.

……정말 전도가 다난했다.

"즉, 마법이라는 건 마음의 힘이야. 자, 너희도 칭찬을 들거나 혼이 나면 기뻐지거나 슬퍼지지? 그렇게 말에는 사람의 마음을 움직이는 힘이 있어! 즉, 마법은 말로 마음의 힘을 다루는 기술인 거지."

푸른 하늘 아래에 세운 간이 칠판 앞에서 세리카의 수업이 시작되었다.

과연 글렌의 스승답다고 해야 할까.

마술의 『마』 자도 모르는 아이들도 마술의 기존 개념의 자연스럽게 이해할 수 있도록 알기 쉽게 설명해주는 훌륭한 수업이었다.

"……아, 그렇군. 등가대응 법칙은…… 이렇게 가르치면 되는 건가."

"으, 으음…… 영점(零點)으로 모이는 제로의 의미…… 그게 이런 뜻이었을 줄이야."

아이들도 알아들을 수 있게 일부러 평이한 단어만 쓴 수업이었지만, 옆에서 같이 듣고 있던 글렌과 시스티나 같은 마술학원 관계자들도 공부가 될 정도였다.

교수이면서도 평소에는 좀처럼 교편을 잡지 않는 세리카였지만, 교사로서의 능력도 어마어마한 수준이라는 것을 통감할 수 있는 수업이었다.

"이런 말도 있잖아? 여자애들은 모두 사랑의 마법을 쓸 수 있다고. 그래서 나도 마법을 쓸 수 있는 거란다♪"

"……어? 여자애……?"

"거기 너, 빙결지옥에 쳐 박아서 영구 빙정으로 얼린 다음, 빙수로 만들어버린다~☆"

"히이이이이이이이익?!"

수업은 가끔 순수한 미소로 흉흉하기 짝이 없는 발언을 해서 아이들이 마치 빙결지옥에 떨어진 것처럼 덜덜 떨게 하는 것 말고는 지극히 순조로웠다.

"그럼 지금부터 다 같이 실제로 마법을 써보자♪"

그리고 마침내 실습이 시작되었다.

"어? 뭐? 너희는 아직 마법을 못 쓴다구? 괜찮아, 괜찮아! 이 마법소녀 세린 양에서 맡겨두렴!"

그렇게 말한 세리카는 어디선가 지팡이 하나를 불쑥 꺼냈다.

"짠! 멋진 마법의 아이템, 매지컬 리리컬 판타스틱 일루전 프리티 플라워 스틱~!"

리본과 하트 모양 보석이 달린 컬러풀한 디자인의 지팡이였다.

"사용법은 간단해! 이 마법의 스틱을 겨누고 비밀의 단어를 외치면 어머, 신기해라. 누구나 마법을 쓸 수 있네? 자, 지금부터 이 안뜰에 다 같이 꽃을 잔뜩 피워보자♪"

"······아, 마도기인가요."

옆에서 수업을 지켜보던 시스티나가 감탄한 목소리로 중얼거렸다.

마도기란 특정 마술을 발동하려는 목적으로 주문과 마술

식을 새긴 도구 형태로 만든 물건이다. 소형 마력로를 탑재하면 사용자의 마력도 전혀 필요하지 않았다.

"하긴 아이들에게 마술을 쓰는 감각을 알려주기에는 딱이겠네요."

그녀의 눈앞에서 아이들이 앞 다퉈 손을 들었다.

세리카는 운 좋게 시범 케이스가 된 소녀의 손에 직접 매지컬(생략) 스틱을 들려주고 앞을 겨누게 했다.

"지, 진짜 나도……?"

"응, 걱정하지 마! 지금 내가 가르쳐주는 비밀의 단어를 외치면 누구나 멋진 마법을 쓸 수 있을 테니까♪ 자, 용기를 내보렴."

"아, 예!"

그리고 소녀는 스틱을 안뜰에 겨누고 파릇파릇한 잔디와 나무들을 향해 주문을 영창했다.

"리, 《리리컬·매지컬·버닝·멋진 꽃이여·활짝 펴라》!"

그 순간이었다.

파앗!

지팡이 끝에서 시야를 새하얗게 물들이는 빛이 분출되었고─.

퍼어어어어어어어엉!

이어서 하늘을 찢고 땅을 가르는 듯한 어마어마한 충격음이 학교 전체를 뒤흔들었다.

그리고 곧 세찬 폭풍이 넋을 잃은 일행을 휩쓸고 지나갔다.

"어……?"

조금 전까지 눈앞에 존재했던 평화롭고 목가적인 교내 풍경이 마치 거짓말이었던 것처럼, 폭심지를 중심으로 거대한 크레이터가 생겼을 뿐만 아니라 폭발의 여파로 초토화된 황야가 펼쳐져 있었다.

""""……""""

모두가 아연실색한 얼굴로 그 광경을 지켜보는 가운데.

"후훗! 대성공☆"

세리카 혼자만 변함없는 분위기로 외친 그 목소리가 황야 위로 썰렁하게 울려 퍼졌다.

"멋진 꽃이 피었네☆ 자, 그럼 다음 사람!"

매지컬(생략) 스틱을 쓴 소녀는 당연히 쇼크로 기절했고 다른 아이들도 새파랗게 질린 얼굴로 눈물을 글썽이며 고개를 세차게 저었다.

"이, 이게 대체 무슨 짓이에요ㅗㅗㅗㅗㅗㅗㅗ!"

그리고 맹렬히 달려온 시스티나가 세리카의 멱살을 붙잡고 마구 흔들어댔다.

"꽃?! 대체 어디가 꽃이냐구요! 저건 누가 봐도 전쟁용 파괴 마술이잖아요!"

"어? 꽃은 꽃이잖아? 불꽃."

"이건 불꽃 수준이 아니거든요?! 만약 불꽃놀이를 한다

쳐도 위력을 좀 고려하세요!"

"에이~ 이것도 위력을 엄청 줄인 건데? 너무 수수한 마술이라 애들 호응이 별로일까 봐 걱정될 정도로……."

"교수님 기준으로 생각하지 마시라구요!"

두 사람이 그렇게 아옹다옹하는 한편, 아니나 다를까 아이들은 처음으로 본 파괴 마술의 상상을 초월하는 엄청난 위력에 완전히 겁을 먹고 덜덜 떨고 있었다.

'여, 역시 다 틀렸을지도…….'

시스티나는 남몰래 또르륵 눈물을 흘릴 수밖에 없었다.

그리고 다음 수업.

장소를 바꿔서 일반 강의실에 모인 아이들은 흠칫거리며 다음 수업을 기다렸다.

시스티나는 뒤에서 그런 기색을 살피고 한숨을 내쉬었다.

"으, 음. 뭐, 1교시는 좀 그랬지만…… 다음은 그나마 무난하겠네."

"분명…… 세실리아 선생님의 마술 약학이었지?"

루미아가 확인했다.

세실리아 헤스티아. 학교 의무실을 맡은 약관 열아홉의 젊은 여성 법의사. 법의 주문과 마술 약학에 관한 조예와 _{힐러 스펠} 실력은 교내에서도 손꼽힐 정도다.

기본적으로는 담당 수업이 없지만 이번에는 교섭 끝에 특별히 허락을 받아낸 모양이었다.

"후후, 안녕하세요. 글렌 선생님."

"아, 세실리아 선생님. 오늘은 고맙습니다."

맞은편에서는 글렌이 강의실로 들어온 세실리아를 맞이하고 있었다.

"콜록! 콜록! ……저, 오늘은 정말 열심히 해볼 거예요. 여러분도 아무쪼록 잘 부탁드려요."

세실리아는 부드럽게 웃었다.

"여, 여전히 안색이 안 좋으시네요. ……이런 일에 끌어들여서 정말 죄송합니다."

세실리아는 극단적인 허약, 병약 체질을 타고난 탓에 사소한 일로도 컨디션을 잃고 피를 토하는 약점이 있었다. 환자를 고쳐야 하는 의사가 오히려 건강을 잃는 전형적인 케이스였다.

"괜찮아요. 오늘은 약도 잔뜩 먹었고, 어제는 늦잠자지 않으려고 일찍 침대에 누워서 36시간이나 잤는걸요. 덕분에 오늘 컨디션은 최고랍니다. ……콜록콜록!"

"저기…… 그건 일찍 잔 수준이 아닌 것 같은데요."

강의실 앞으로 온 시스티나가 세실리아를 걱정했다.

"그리고 안색이 그렇게 나쁘신데 최고라구요? 정말 괜찮으시겠어요? 그냥 지금부터라도 중지를……."

"배려해줘서 고마워요, 시스티나 양. 하지만 괜찮아요. 저도 한 번쯤 이런 수업을 해보고 싶었거든요."

"세실리아 선생님……."

"저도 처음에는 글렌 선생님 같은 교사가 되고 싶었답니다. 이렇게 몸만 허약하지 않았어도 교편을 잡았을 테지만…… 그래서 글렌 선생님이 이 제안을 해주셨을 때는 정말 기뻤어요."

세실리아는 덧없게 느껴지지만 우울함은 느껴지지 않는 온화한 얼굴로 웃었다.

"……알았어요. 그래도 무리는 하지 마셔야 해요?"

"예♪"

지켜주고 싶은 미소였다.

"자, 그럼 슬슬 시간이 됐네요."

"아, 세실리아 선생님."

루미아가 교단으로 향하는 세실리아를 불러 세우고 작은 병 하나를 내밀었다.

"이걸 가져가주세요. 조금 전에 제가 만든 요타크 열매의 과즙이에요."

"어머나."

"기침이 멎는 효과가 있어요. 만약 수업 중에 기침이 심해지면 이걸 입에 머금어 주세요."

"고마워요, 루미아 양. 감사히 쓸게요."

세실리아는 그 병을 받고 교단 위에 섰다.

그리고 세실리아의 수업이 시작되었다.

"……주문을 영창하고, 마력을 조작하고, 세계에 변화를 초래하는 것만이 마술의 전부는 아니랍니다. 자연계에 존재하는 다양한 마법 소재를 정해진 순서대로 조합해서 그것들이 내포한 마법력을 물리적인 수단을 통해 하나의 마술로 승화하는…… 그런 마술도 존재해요. 마술 약학은 그런 마술의 한 갈래랍니다."

교단 위에 다양한 마술약이 든 병과 마법 소재를 늘어놓은 세실리아는 아이들에게 마술약의 기초를 알기 쉽게 가르쳤다.

"……이런 조합 의식 순서 하나하나에는 전부 마술적인 의미가 담겨있어요. 즉, 이 조합 순서야말로 다른 마술에서의 『주문』이 되는 셈이죠. 남원의 유목민족이 춤으로 정령을 사역하는 것과 비슷하죠? 마술약 생성술도 근본적인 부분은 일반 마술과 똑같답니다."

사실은 교사가 되고 싶었다.

그렇게 말했던 세실리아의 수업은 자신의 연구와 성공만을 바라며 어려운 이론과 법칙을 내세워서 본인의 우월한 지식을 과시하려는 경향이 있는 마술학원의 교수와 강사들과는 달리, 배우는 학생의 관점을 무엇보다 우선시하려는 배려가 느껴졌다. 아마 교사가 되고 싶었다는 말은 사실이리라.

"……유감스럽게도 마술약 정제술과 힐러 스펠은 세간의 『치료원』에서는 쓸 수 없어요. 다치거나 병이 든 분을 마술로 치료하는 법의 치료는 다양한 법으로 금지됐기 때문이에요. 아무튼 원래는 『전장에서 부상당한 병사를 한시라도 빨리 전선에 복귀시킬 것』이라는 목적에서 비롯된 어엿한 군용 마술의 일종이기 때문이죠."

그리고 세실리아의 수업은 단순히 마술의 지식에만 국한되지 않았다.

"일반인이 법의 치료를 받으려면 고액을 지불해서 개별적으로 마술사를 고용할 수밖에 없어요. 그런 일이 가능한 건 극소수의 특권 계급뿐……. 그래서 전 장래에는 누구나 평등하게 법의 치료를 받을 수 있는 『법의원』을 세우고 싶답니다. 그러려면……."

마술 약학과 힐러 스펠의 사회적인 역할과 그것들이 내포한 문제도 아이들이 이해하기 쉽게 가르쳤다.

훗날 『의성(醫聖)』이라고 불리게 될 세실리아의 인생 첫 수업.

익숙하지 않은 일이라 서툰 부분도 많았지만 뒤에서 듣고 있는 시스티나 일행에게도 배울 점이 많은 수업이었다.

"……경청해주셔서 감사했습니다. ……콜록!"

수업이 끝나는 동시에 아이들은 존경스러운 눈으로 세실

리아를 바라보며 성대한 박수를 보냈다.

"멋진 수업이었지."

"……응. 완벽했어."

루미아와 시스티나도 강의실 뒤에서 서로 고개를 끄덕였다.

"이걸로 아르포네아 교수님이 아까 저지른 사고를 대충 만회했으려나?"

그 순간이었다.

"쿨럭! 콜록콜록!"

교단 쪽에서 한층 더 심한 기침소리가 들렸다.

"아차! 역시 무리하셨나 봐! 가자, 루미아!"

"응!"

두 소녀는 세실리아를 치료하기 위해 바로 교탁으로 달려갔다.

"괘, 괜찮아요. 걱정하지 마세요, 여러분……. 전…… 아직 괜찮아요. 제 생명의 등불은…… 아직……."

아이들의 걱정스러운 시선 속에서 세실리아는 비틀거리며 교탁 위에 올려놓은 병 중 하나를 집어들었다.

"콜록콜록! 잠시 실례……. 기침약 좀 먹을게요."

병뚜껑을 벗기고 입을 댄 그때—

"세, 세실리아 선생님?! 그 병은 제가 아까 드린 병이 아니에요! 그 옆에 있는 병이라구요!"

"뭐?!"

루미아의 비명에 가까운 외침에 시스티나는 소스라치게 놀랐다.

"잠깐만요, 세실리아 선생님! 기다……!"

하지만 이미 늦었다.

작은 병의 내용물은 이미 세실리아의 희고 가느다란 목 안으로 흘러들어간 뒤였다.

"우훗…… 후후……."

이윽고 세실리아는—.

"우후후후…… 아하하!"

서서히 몸을 떨더니—.

"아하하하하하하하하하하하하하하하하하하하하하하하하하"

갑자기 하늘이 뒤집어질 듯한 광소를 터트렸다. 무척 공포스럽게도…….

"세, 세실리아 선생니이임?!"

"저, 저건 분명 정신 고양제야! 원래는 한 방울만 핥아도 충분한 걸 한 번에 저렇게 많이 드셨으니……."

시스티나와 루미아의 안색이 새파랗게 질렸다.

"쿠어억! 아하하, 컥! 아하하하하, 콜록! 아하하하, 켈룩! 쿠하하하, 푸하하하하! 꺄하하하하하…… 풉! 커헉! 우웨엑!"

성대하게 피를 토하고 눈을 하얗게 뒤집어 뜨면서도 웃음을 멈추지 않는 세실리아의 광기 어린 모습은 그야말로 지극히 모독적이었고, 화기애애했던 강의실의 단상은 어느새 지옥으로 변모하고 말았다.

"아하하하, 하…… 으규~."

하지만 이윽고 그녀는 아무런 전조도 없이 힘이 다한 것처럼 바닥에 쓰러지더니 그대로 꼼짝도 하지 않았다.

"세, 세실리아 선생님! 세실리아 선생니이임! 루미아, 어서 힐러 스펠을~!"

"으, 응!"

루미아는 세실리아에게 필사적으로 힐러 스펠을 걸기 시작했다.

"아~ 으음, 이건 말이지!"

시스티나는 아이들을 돌아보았다.

"이건 그거야! 너희들에게 힐러 스펠을 실제로 쓰는 모습을 보여주려고……."

필사적으로 얼버무리려 했지만 아이들의 기겁한 반응을 보아하니 아무래도 무리일 것 같았다.

"저기, 글렌. 세실리아, 죽은 거야?"

리엘은 고개를 갸웃거렸다.

"아무리 나라도 이건 예상 외였군. ……미안합니다, 세실리아 선생님."

글렌도 한숨을 내쉰 후 치료를 돕기 위해 걸음을 옮겼다.

기절한 세실리아를 간병하기 위하여 루미아가 떠난 뒤—

"좋아~! 여기까지는 순조로웠네!"

"응, 순조로웠어."

다음 강의실로 이동해서 수업을 앞둔 아이들은 완전히 겁에 질린 채 불안에 떨고 있었다.

하지만 시스티나는 지금까지는 순조로웠다고 리엘에게 단언했다. 단언하지 않고는 견딜 수 없었기 때문이다.

"하지만 다음이 고비야! 다음 수업 담당은 그 변태 마스터, 오웰 선생님이니까!"

마도공학 교수 오웰 슈더. 고작 스물여덟이라는 젊은 나이에 이미 제5계제에 도달한, 그 할리에 필적하는 파격적인 천재였다.

하지만 그와 동시에 넘치는 재능을 쓸데없는 곳에서만 발휘하는 인격파탄자이기도 했다.

"잘 들어, 리엘. 오웰 선생님이 아이들에게 뭔가 위해를 가하려고 하면 즉시 베어버려도 돼. 내가 허락할게."

"응. 베어버릴게."

"네가 아이들을 지키는 거야. ……알겠지?"

"응. 나한테 맡겨."

그러나—

"……어라?"

수업 시작종이 울려도 오웰은 나타나지 않았다.

"대체 뭘 하시는 거지? 오웰 선생님은……."

그대로 5분, 10분이 흐르자 아이들도 뭔가 상황이 이상하다는 걸 눈치챘는지 술렁이기 시작한 그때였다.

철컥…… 끼익…….

별안간 아무런 전조도 없이 강의실 앞문이 천천히 열렸다.

"늦으셨어요! 대체 뭘……."

시스티나가 반사적으로 화를 낸 순간, 그것이 일동 앞에 모습을 드러냈다.

"어……?"

문드러진 피부, 하얗게 드러난 갈비뼈, 바닥에 질질 끌리는 내장, 뻥 뚫린 눈구멍, 엉성하게 드러난 치열.

그것의 정체는…… 아무리 봐도 좀비였다.

"""꺄아아아아아아아아아아아아아아아아악?!"""

모두가 공황 상태에 빠졌다.

좀비가 아이들을 향해 느릿느릿 걸어오자 총알처럼 뛰쳐나간 리엘이 책상들을 박차고 돌진했다.

"이이이이이야아아아아아압!"

그리고 어느새 연성한 대검을 거친 폭풍처럼 휘둘러서 좀비를 단숨에 해체했다.

좀비의 팔다리가 사방으로 날아가는 처참한 광경을 목격하고, 한층 더 기겁한 아이들이 너나 할 것 없이 뒷문에 모여서 달아나려 했지만 문은 꿈쩍도 하지 않았다. 마치 열쇠로 잠근 것처럼…….

"이……이게 대체 무슨 일이지?"

영문을 알 수 없는 사태에 시스티나가 뺨을 실룩인 순간이었다.

『그것은…… 어느 맑은 초여름 날에 일어난 일이었다.』

어디선가 섬뜩한 목소리가 확성 마술을 통해 흘러나왔다.

『고대했던 마술학원 체험학습회…… 우리는 다양한 마술의 편린을 접하며 미지와 신비의 세계를 마음껏 즐기고 있었다.』

"이, 이 목소리는……."

틀림없었다.

『하지만 그런 즐거운 체험학습회의 마지막 수업에서…… 그런 악몽 같은 사태가 벌어질 줄이야!』

"오웰 선생님! 이게 대체 뭐냐구요오오오오오오오오!"

시스티나는 하늘을 향해 소리 쳤다.

『흠하하하하하하! 내 최대의 호적수이자 친우인 글렌 선생의 애제자 하얀 고양이 군! 그야 뻔하지 않나! 체험수업이지!』

"예에?! 역시 저 좀비는 당신 짓이었군요?!"

『당연하지! 교탁 위를 보도록!』

교탁 위로 시선을 돌리자 어느새 그곳에는 이상한 수정이 잔뜩 달린 기묘한 상자모양 장치가 뿅뿅 소리를 울리며 반짝거리고 있었다.

"이 방에 들어왔을 때부터 신경 쓰이긴 했는데…… 저건 대체 뭐죠?!"

『흠하하하! 저건 말이지. 집단 환각을 보여주는 내 신작 마도장치다!』

"예?!"

『저 빛을 본 사람은 모두 같은 환술에 걸리는 거다! 즉, 제군들이 지금 있는 곳은 마술학원이 아니야! 제군들의 공통 심층 의식 속에 창조된 가상의 마술학원이지! 제군들의 진짜 몸은 현실 세계에서 잠들어 있으니 안심해!』

"잠깐만요! 요컨대, 여긴 꿈속 세계…… 정신세계의 감옥이라는 거예요?! 저 좀비도 꿈속의 주민?! 지금 장난해요?! 저희를 빨리 여기서 꺼내달라구요!"

한쪽에서는 학생회 임원들이 아이들을 필사적으로 달래고 있었지만 전혀 효과가 없는 모양이었다.

『뭐, 진정해! 사실 그 마도장치로 구축되는 정신세계는 그 장치에 넣은 마도 소프트웨어 플레이트에 기록된 마술식에 따라 달라! 즉, 그 플레이트를 교체하기만 하면 다양한 꿈속 세계의 모험을 게임으로 제공할 수 있는 슈☆퍼 발명품인 셈이지! 게다가 약간의 지식만 있으면 누구나 게임을 만드는 것도 가능해! 우오오오오오, 나는 내 재능이 두렵구나! 흠하하하하하하하하하!』

"제발 사람 말 좀 들으시라구요!"

『그리고 이번에 사용한 시범용 소프트웨어 《좀비 저택Ⅲ》

의 개발에 협력해주신 건······.』

"저기, 듣고 계세요?! 아니, Ⅲ는 또 뭐예요! Ⅰ이랑 Ⅱ도 있다는 뜻?!"

오웰은 시스티나의 태클을 완전히 무시하고 설명을 계속했다.

『우리 학교가 자랑하는 정신 마술의 세계적 권위자! 체스트 르 누아르 남작님이다! 자, 모두들! 박수!』

『훗, 때 묻지 않은 어린 소녀들이 겁에 질려 달아나며 지르는 비명은······ 그야말로 천상의 음악! 그야말로 지보! 아앙, 엑스터시이이이이이이이이!』

"최, 최악이야!"

새로 등장한 체스트의 목소리에 시스티나는 머리를 부둥켜안고 절규했다.

『사실 체스트 남작은 소프트뿐만 아니라 마도장치의 개발 단계에서부터 전면적으로 협조해준 공로자다. 이번 발명만큼은 아무리 이 천재 오웰 슈더라고 해도 혼자 힘으로는 완성할 수 없었다고 단언하지!』

『훗, 겁에 질린 소녀의 모습과 비명을 만끽할 수 있는 획기적인 발명이라면 협력을 아낄 여지가 없지. ······후히히힛.』

"두 분 다 그냥 죽어 버리세욧!"

『자, 체험수업을 시작하자! 오락의 결여야말로 사람을 죽이는 법! 지루함이야말로 성숙한 문명인의 정신에 뿌리내린 궁

극의 병소! 그것을 치료하기 위해 개발한 내 세기의 신작 발명품을 어디 마음껏 즐겨보도록! 게에에임 스타아아아트우!』

그 순간.

우당탕탕! 챙그랑!

교실 앞문과 창문에서 대량의 좀비가 몰려들었다.

"""꺄아아아아아아아아아아아아아아아아아악?!"""

아이들은 한층 더 공황상태에 빠졌다.

『안심하도록, 제군! 어차피 이건 꿈속의 게임! 만약 이 세계에서 좀비에게 잡아먹히더라도 눈을 뜨면 현실의 육체는 멀쩡할 테니까! 자, 마음껏 이 게임을 즐겨봐라!』

"그런 말을 듣고 안심할 수 있을 리가 없잖아요!"

"하아아아아아아아앗!"

한편, 교탁 근처에서는 리엘이 교실 안으로 밀려오는 좀비들을 모조리 해체하고 있었다. 마치 성난 사자처럼 좀비들을 날려버리는 대활약이었다.

"걱정하지 마. 모두, 내가 지켜줄게."

하지만 대량의 살점이 튀고 피를 흠뻑 뒤집어쓴 그 모습은…… 그야말로 악귀나 다름없었다.

"""으, 으~응……."""

덕분에 꿈속인데도 정신을 잃는 사람이 속출했다.

"……대체 왜 이렇게 된 걸까?"

강의실 구석에 주저앉은 시스티나는 팔로 감싸 안은 무릎에 얼굴을 파묻은 채 한껏 낙담할 수밖에 없었다.

그러자 좀비 한 마리가 마치 위로하는 것처럼 가볍게 어깨를 두드려주었다.

그 후, 탈출 방법을 알 수 없어서 어쩔 수 없이 오웰의 게임에 참가하게 된 학생들은 겁에 질린 아이들을 지키며 교내를 탐색했다.

선두에 선 리엘이 출몰하는 좀비들을 모조리 베어버리다가 마침내 탈출의 열쇠인 보스 캐릭터를 발견했지만, 그 또한 리엘의 대검 앞에서 단칼에 쓰러지고 말았다.

그렇게 해서 마침내 현실세계로 귀환한 시스티나는 오웰과 체스트 남작을 집요한 추격 끝에 사로잡은 후, 일단 어설트 스펠로 날려버렸다.

"참 나…… 이걸로 마지막 수업인가."

이번 체험학습회의 끝마무리를 맡게 된 글렌은 교실 안에 힘없이 앉아있는 아이들을 둘러보았다.

체험수업을 시작했을 당시의 꿈과 희망으로 가득했던 표정은 어디서도 찾아볼 수 없었다. 하나같이 기대를 배신당해서 실망한 표정이었다. 뭐든 상관없으니 얼른 끝내고 집에 보내달라는 분위기가 만연했다.

"뭐, 대충 예상대로군. 오히려 예상보다 나을 정도야."

하지만 글렌은 개의치 않고 말했다.

"……예상대로? 지금 예상대로라고 하셨어요?"

그 발언을 들은 시스티나는 화가 치밀어 올랐다.

"그래, 말했어."

"이렇게 될 줄…… 알면서 그 사람들을 영입하셨다는 거예요? 일부러요……?"

"아니, 아무리 생각해도 그 녀석들에게 맡기면 이런 결과가 될 게 뻔하잖아. ……사실 세실리아 선생님의 그건 나도 전혀 예상하지 못했다만."

"……선생님!"

시스티나는 당장에라도 멱살을 잡을 표정으로 글렌을 노려보았다.

"아니, 그야…… 수업을 대신 해줄 사람이 없었잖아? 이렇게 되는 건 필연이었어."

"너무해요! 절 속이신 거군요! 선생님을 조금이라도 믿은 제가 바보였어요!"

그리고 진심으로 실망했다는 듯 눈물을 글썽거렸다.

"바~보, 아직 끝난 게 아니거든? 내가 남았잖냐."

"……예?"

하지만 곧 글렌의 예상치 못한 발언에 고개를 갸웃거렸다.

"여기까지는 어쩔 수 없었어. 애당초 제대로 된 패가 절대적으로 부족한, 패전이 확정된 싸움이었으니…… 승리를 거

머쥐려면 작전이 좀 필요했던 거지."

"그, 그게 대체 무슨……."

"뭐, 이제야 겨우 내가 나설 차례가 왔다는 거다. ……하얀 고양이, 가끔은 날 좀 믿어봐."

누군가를 속이거나 기획을 망치려는 음습한 의도는 눈곱만큼도 느껴지지 않는 글렌의 다부진 미소를 정면에서 본 시스티나는 자신의 분노가 차츰 가라앉는 것을 느꼈다.

"……알았어요. 믿을게요."

그리고 잠시 침묵한 후 조용히 고개를 끄덕였다.

"아무쪼록 마지막 수업을 잘 부탁드려요, 선생님."

"……그래, 맡겨만 둬."

글렌은 시스티나의 머리를 거칠게 쓰다듬어준 후 교단으로 걸어갔다. 어째선지 그 손길이 신기할 정도로 따스하게 느껴졌다.

"하아……."

그의 등을 눈으로 배웅하며 근처에 있는 의자에 앉고 깊은 한숨을 내쉰 순간―

"고생했어, 시스티."

"리제 선배?!"

어느새 옆자리에 앉아있었던 리제가 말을 걸어왔다.

"언제 오신 거예요?! 분명 오늘은 크라이토스 측 사람들과 사전 회의가 있다고……."

"그쪽은 끝났어. 그보다……."

리제는 주위를 둘러본 후 쓴웃음을 흘렸다.

"사정은 들었어. 많이 고생한 것 같네? 시스티."

"으…… 죄송해요. 결국 이렇게 돼서……."

시스티나는 미안해했다.

"사과하지 않아도 돼. 넌 잘 했으니까."

하지만 리제는 다정하게 웃어주었다.

"화, 화내시지 않는 거예요?"

시스티나는 그 의외의 반응에 당혹스러워 할 수밖에 없었다.

"원래 우리 쪽 실수였는걸. 내가 화를 낼 권리는 없어. 그보다……."

리제는 깍지 낀 손을 턱에 대고 어딘지 모르게 즐거운 표정으로 글렌의 등을 응시했다.

"기대되네. 소문으로만 들었던 글렌 선생님의 수업. 이 상황을 과연 어떻게 수습하실지…… 솜씨를 좀 봐야겠어. 후훗."

그리고 글렌이 교단에 서자마자 수업종이 울렸다.

"……자, 즐거웠던 체험학습회도 내 수업이 마지막이다."

글렌이 입을 열어도 아이들의 반응은 여전히 시큰둥했다.

"그건 그렇고 너희들에게 한 가지 묻고 싶은 게 있다만, 지금까지 다양한 마술의 편린을 접하면서…… 무슨 생각이 들었지?"

아이들의 표정이 희미하게 움직였다.

"시시했어? 기대한 만큼은 아니었어? 아니, 그건 아니겠지. 너희는 분명 지금 이런 생각을 하고 있을 거야. 『사실 마술은 몹시 두려운 힘』이었다고."

정곡을 찔린 아이들은 퍼뜩 놀란 표정으로 글렌을 주목했다.

"훨씬 더 즐거운 거라고 생각했겠지. 다양한 희망을 이루어주는 꿈같은 기술이라고 생각했겠지. 하지만 그런 기대를 배신당해서 실망했다…… 대충 이 정도려나? 그래, 맞아. 조금이라도 길을 잘못 들면 지옥……. 그것이 바로 마술의 엄연한 현실이야. 그 이상도 이하도 아니지."

글렌은 두 손으로 교탁을 짚고 담담하게 말했다.

"그래, 마술이라는 건 너희가 생각하는 만큼 숭고하지도 굉장하지도 않아. 훨씬 더 변변찮고, 시시한 힘이지. 너희들도 마술을 동경하는 건 당장 집어치워."

"아……."

그 말을 들은 순간, 시스티나는 머릿속이 새하얘졌다.

결코 흘려들을 수 없는 말이었다.

이야기가 다르잖아. 설마 이런 데서 또 저런 말을 꺼내다니.

이대로 계속 이 수업을 진행하게 할 수는—.

"……!"

덜컹!

반사적으로 허리를 든 순간, 조금 전에 글렌이 했던 말이 떠올랐다.

가끔은 자신을 믿어달라고—.

나에게 맡겨달라고—.

그는 틀림없이 그렇게 말했었다.

"……."

시스티나는 불현듯 떠오른 그 말을 마음속으로 되새겼다.

그리고 잠시 후 조용히 다시 자리에 앉았다.

"……후후."

하지만 옆자리의 리제는 못 본 척 일부러 눈을 감고 여유 있는 미소를 무너트리지 않았다.

교탁 앞의 글렌은 그런 시스티나에게 참아줘서 고맙다는 시선을 보낸 다음에 말했다.

"……얼마 전의 나였다면 너희들에게 그렇게 말했을 거다."

화제를 전환했다.

그러자 아이들 사이로 차츰 당혹스러움이 퍼져 나갔다.

"그래. 분명 마술은 두렵고, 위험하고, 변변찮은 힘이 맞아. 하지만…… 아무래도 그것만은 아니었나 보더군."

글렌은 머리를 벅벅 헤집었다.

"이 학교에는…… 그 위험성을 알면서도 마술 그 자체를 인간의 이성으로 제어하고자 하는 녀석이 있어. 그 위험성을 알면서도 자신의 꿈을 이루기 위해 마술을 현명하게 배우는 녀석도 있지. 그 위험한 마술 덕분에 이 세상에 태어

나서 지금 이 순간을 살아갈 수 있게 된 녀석도 있어. 그것 또한 엄연한 사실이지."

"······."

"결국 마술이라는 건 아무런 색도 없는 단순한 힘일 뿐이야. 거기에 선악이라는 개념은 존재하지 않아. 다른 그 누구도 아닌 너희 자신이 무엇을 이루기 위해 어떻게 쓸 것인지, 그것을 힘의 주체인 본인이 필사적으로 고민하는 것이야말로 무엇보다 가장 중요한 일이었나······ 보더군. 거기에 정답 같은 건 없어. 마술에 손을 댄 이상 평생 고민해야 하는 업(業) 같은 거니까."

"······."

"혹시 마술에 대한 꿈과 동경만으로 이 학교에 입학해서 마술사가 되려고 하는 녀석이 있다면······ 한 번쯤 잘 생각해 봐. 자신이 대체 마술로 무엇을 이루고 싶은 건지. 마술에 무엇을 바라는 건지. 아주 잘. 그 과정을 거치지 않고 앞만 보고 달려간 녀석은 반드시 실패할 수밖에 없어. 그래······ 너희 눈앞에 있는 내가 아주 좋은 예지."

그리고 글렌은 자조하는 것 같으면서도 온화하고 힘차게 웃었다.

"만약 진지하게 고민했는데도 마술에 뜻을 둔 사람, 마술에 이상을 품은 사람이 있다면······ 알자노 제국 마술학원은, 그런 너희를 환영하마. 너희가 그 꿈을 이루는 것을 우리 교수와 강사들이 전력을 다해 도와줄 테니까."

아이들은 저마다 눈을 빛내며 그런 글렌을 응시했다.

"자, 그럼 슬슬 마지막 수업을 시작해볼까. 흠…… 테마는 『현대 마술사의 존재 방식과 삶의 방식』. ……내가 이 학교에서 근무하면서 나름대로 얻은 답을 너희에게 전수해주마."

그렇게 오늘 마지막 체험수업이 시작되었다.

"무척 좋은 수업이었네."

"선배……"

체험수업 일정이 전부 끝나고 한산해진 교실에서 리제는 감회에 젖은 목소리로 말했다.

"오늘은 아이들에게 무척 좋은 경험이 됐을 거야."

결과론에 불과하겠지만 이번 체험학습회는 그럭저럭 성공리에 끝났다.

아무것도 모르는 아이들에게는 약간 씁쓸한 경험이 됐을지도 모르지만, 그것도 포함해서 마술이라는 학문의 무한한 가능성을 전한 글렌의 수업은 그들의 마음에 강한 영향을 남겼으리라.

아무리 생각해도 실패할 게 뻔히 보였던 멤버들만 모인 역경 속에서도 멋지게 대역전극을 이루어낸 것이다.

"죄송해요, 선배……"

시스티나는 침울한 얼굴로 나직이 말했다.

"왜 사과하는 거니?"

"전…… 결국 선배의 힘이 되어드리지 못했어요. 결과적으로 이번 기획이 성공한 것도 글렌 선생님 덕분이었고……."

그러자 리제가 살포시 웃으며 대답했다.

"몇 번이나 말했지만, 넌 잘했어. 네가 얼마나 애썼는지는 나도 들어서 알아. 그리고……."

잠시 말을 끊은 후―.

"……네 판단은 옳았어."

"예……?"

"아무튼 이번에는 정말 고마웠어, 시스티. 전부 네 덕분이야."

"아, 아뇨. 그런……."

리제가 갑자기 고개를 숙이자 시스티나는 당황했다.

"저 혼자의 힘이…… 루미아와 리엘도 도와줬고, 학생회 여러분도 뒤에서 애써주셨고…… 무엇보다 그 인간의 힘도 컸는데……."

"후후. 너, 많이 변했구나."

"예? 그, 그런가요?"

쿡쿡 웃는 리제 앞에서 시스티나는 어안이 벙벙한 표정을 지었다.

"입학했을 당시의 자신감 과잉에 자기중심적이었던 너와 지금의 넌 완전히 다른 사람 같아. 저기, 시스티. 너, 다음 학생회장에 출마해볼 생각 없니?"

"예엣?!"

"지금의 너라면 분명 훌륭한 회장이 될 수 있을 것 같은데…… 어때?"

"잠깐만요! 노, 놀리지 마세요, 선배! 저 같은 건 그런 그릇이 못 된다구요!"

"……어머, 그럴까?"

"그래요!"

리제는 뺨을 부풀린 후배의 얼굴을 즐거운 눈길로 바라보았다.

그렇게 저녁노을이 비쳐드는 교실이 천천히 어둠속에 잠기었다.

학생회장과 혼돈의사록

Student council president and chaos records

Memory records of bastard
magic instructor

그날 알자노 제국 마술학원은 공전절후의 열광과 혼돈의 도가니에 빠졌다.

"""상류계급층만 우대받는 현행 시스템을 개선하라!"""

"""계급 격차 반대!"""

안뜰에 모인 살기등등한 학생들, 손에 든 플래카드, 큰 소리로 열창하는 항의.

어떤 일을 계기로 학생들이 즉시 폭도로 돌변할지 모르는 일촉즉발의 상황이었다.

"이, 이봐…… 우리 학교가 대체 어떻게 된 거야?"

"모, 몰라. ……나도 이런 건 처음 보는걸."

학교 측 교사들도, 데모에 가담하지 않은 학생들도 전전긍긍하며 상황을 지켜보던 바로 그 순간―.

"잠까아아아아아아아아아아안!"

마술로 한층 더 크게 소리를 높인 고함이 그 자리에 울려 퍼졌다.

"너희가 주장하고자 하는 바는 잘 알았다! 일단 대화로 해결해보지 않겠는가!"

전원이 고개를 들자 안뜰과 마주한 건물 옥상 난간에 한 남자가 서 있었다. 화려한 코트를 걸치고 어깨띠를 맨 데다 머리띠까지 두른 그 청년의 정체는―.

"학교 측 전권 교섭인으로 온 바로 나…… 글렌 레이더스 대선생님과!"

화려하게 폼을 잡으며 등장한 글렌이었다.

"웃기지 마! 우리는 지금 장난하는 게 아니라고!"

"당장 내려 와! 이 바보 강사!"

그러자 곧 안뜰에서 노호성이 터져 나왔다.

"말하지 않아도…… 하앗!"

글렌은 마술로 중력을 조작해서 안뜰로 뛰어내렸다.

'제, 젠장~ 왜 내가 이런 짓을……!'

낙하 중인 그의 머릿속에 불현듯 어떤 여학생의 새침한 얼굴이 스쳐 지나갔다.

'리제 필마…… 그 암여우 때문에에에에에에에에!'

머리를 쥐어뜯으며 악을 쓰고 싶은 충동을 필사적으로 억누른 채 착지한 글렌은 혼자서 살기등등한 학생 집단과 대치했다.

교섭 시간의 개막이었다.

약 10분 전, 마술학원 학생회실.

"사건의 발단은 얼마 전 우리 학생회를 거치지 않고 학교 이사회로 직접 보낸 한 통의 탄원서였어요."

잿빛 머리카락과 검은 눈동자의 지적인 미소녀, 학생회장 리제 필마는 회의실 책상 앞에 앉아서 깍지 낀 손에 입술을 댄 채 담담히 상황을 설명했다.

"그 탄원서의 내용을 요약하면『학교에서 개강한 특별 강좌를 절반의 수강료로 수강할 수 있게 해달라』는 거였죠."

"옳거니. 학교 측은 당연히 기각. 그 결과가…… 이 상황이라는 거군."

리제의 맞은편에 앉아서 책상 위에 다리를 올려놓은 글렌이 안뜰 쪽 창문을 힐끔 흘겨보았다.

밖에서 들려오는 건 아침부터 계속된 데모대의 항의였다.

"하지만 탄원서의 기각부터 데모대 결성, 일제 궐기까지 걸린 시간이 지나치게 빨라. ……이봐, 학생회장 씨. 이건……."

"예, 이번 일에는 학생회를 거치지 않고 탄원서를 보내는 동시에 학생들을 뒤에서 선동한 흑막이 있을 거예요."

리제는 작게 탄식했다.

"그 흑막으로 짐작되는 녀석은?"

"일단 조사해본 결과— 가장 가능성이 높은 인물은 찾았지만…… 먼저 이 사태를 수습하는 게 선결이 아닐까요?"

"뭐, 그렇겠지. 이미 일이 벌어진 이상 머리를 친다고 이 상황이 해결될 리 없을 테니까."

글렌은 어깨를 으쓱이고 한숨을 내쉬었다.

"아니, 그보다…… 다들 그렇게까지 특별 강좌를 듣고 싶은 건가?"

마술학원의 수업은 필수와 전공의 두 갈래로 나눠지지만

사실 추가로 『특별 강좌』라는 것이 존재했다.

전자는 학생이 학교에 낸 수업료에 포함돼서 누구나 자유롭게 수강할 수 있으나 후자는 아니었다. 수업료에 포함되지 않았다.

전공 수업은 강의자의 개성에 따라 내용이 달라지는 것으로 알려져 있지만, 실제로는 어디까지나 전공 강사나 교수가 학교의 의뢰를 받고 교내 커리큘럼을 따르는 수업에 불과했다.

하지만 특별 강좌는 진정한 의미에서 강의자의 자유가 보장된 수업이었다. 그러다 보니 당연히 기본 수업료에는 포함되지 않았고, 이 수업을 듣고 싶으면 강의자에게 고액 수강료를 지불해야만 했다. 그만큼 강의자의 오의(奧義)나 다름없는 귀중한 지식을 배울 수 있는 기회인 것이다.

"아시다시피 정부의 부국강병책으로 현 체제는 실력주의, 출신을 따지지 않고 실력만 있으면 누구나 중용되고 있어요. 정부도 그걸 추진하기 위해 고액의 세금을 투입해서 장학금 제도 등을 정비한 결과, 얼마 전까지만 해도 극히 일부의 상류계층 자녀만 입학할 수 있었던 마술학원이 이제는 집안과 계급을 따지지 않고 다양한 계층의 학생들을 받아들이고 있죠. 이건 국가로서는 무척 좋은 경향이지만……."

"각 가정과 계급 간의 근본적인 자산 차이는 어쩔 수 없어. 중산층이나 노동자 계급의 자녀가 상류계급의 자녀처럼 고액의 특별 강좌를 수강하는 건 어렵겠지. ……그래서 『불공평』하다는 소리가 나온 건가."

"예, 그게 저들의 주장이에요. 계급 사회의 철폐를 제창하는 좌파 사상이 일부에 퍼졌기 때문이기도 하고요. 특별 강좌를 수강한 학생과 수강하지 못한 학생 사이에 실력 차가 생길지도 모른다는 조바심도 한몫 거든 거겠죠."

"아직 젊구만……."

"저는 학생회장으로서 이 사태를 반드시 수습해야만 해요. 원래 학교에 대한 탄원은 저희 학생회를 거쳐야만 하는데, 이런 식으로 규칙을 어기고 직소하는 방식이 계속된다면 저희 선배들이 고생하면서 얻어낸『학생의 자치권』, 그 집행 기관인 학생회의 의의와 권위가 상실되고 말 테니까요."

"그렇게 되면 학생이 학교에 아무런 항의도 할 수 없었던 수십 년 전의 독재체제로 회귀하겠군. 자기 손으로 자기 목을 조르다니…… 데모하는 녀석들도 참 멍청한 짓을 하는구만."

글렌은 못 말리겠다는 듯 머리를 긁적였다.

"뭐, 상황은 이해했다. 그래서? 나한테 뭘 어쩌라는 거지? 갑자기 불러내서 그런 말을 꺼내다니, 대체 무슨 속셈이야?"

글렌이 귀찮은 눈으로 흘겨보자 리제는 진지한 얼굴로 대답했다.

"부디 힘을 빌려주세요."

"……어, 엉?"

"선생님이 학교 측 전권 교섭인이 돼서 저들과 이 문제에 관한 교섭을 해주셨으면……."

"웃기지 마아아아아아아!"

글렌은 자리에서 벌떡 일어났다.

"저 뚝배기에 열이 뻗친 녀석들을 설득하라니, 무리인 게 뻔하잖아!"

"딱히 저들을 납득시켜서 양보하게 할 필요는 없어요. 말로 현혹시켜서 교섭을 지연시키면…… 다시 말해, 학생들이 과격한 행동을 보이기 전에 잠시 동안만 시간을 끌어주시면 충분해요."

"……?!"

"그 사이에 전 학교 측과 어떤 안건으로 교섭을 시도할 거예요. 이 안건이야말로 이 사태에 종지부를 찍을 수 있는 『비장의 패』인데, 학생들이 폭동을 일으키면 전부 물거품이 될 테니 아무튼 지금은 시간이 필요해요."

리제는 담담하지만 고요한 의지가 담긴 목소리로 이야기했다.

"이런 부탁을 드릴 수 있는 건…… 당신뿐이에요. 글렌 선생님."

"어, 어째서 난데……?"

"대중의 사고를 유도하거나, 그 자리의 분위기를 장악하거나, 항간의 소문을 조작할 수 있을 뿐만 아니라…… 만약 학생들이 폭도로 돌변한다 해도 당신이라면 분명 아무도 다치지 않게 제압하실 수 있을 테니까요. ……제 말이 틀린가요?"

"뭐……?!"

온화하면서도 인간의 밑바닥을 꿰뚫어보는 듯한 리제의 시선에 글렌은 등골이 서늘해지는 것을 느꼈다.

'이 녀석…… 설마 내가 전직 마도사…… 그것도 특수 임무에 종사한 특무분실 소속이었다는 걸 아는 건가?!'

몰랐다면 고작 일개 강사에게 이런 부탁을 하지는 않았으리라.

"다른 학생회 멤버들도 현재 제 지시에 따라 각 방면에서 활동 중이고…… 선생님을 제외한 다른 강사분과 교수님들은 학생의 자치를 표방하는 학생회를 못마땅하게 여기시거나 이런 거친 일 자체에 내성이 없어요. 그러니 글렌 선생님…… 부디, 이렇게 부탁드릴게요."

리제는 조용히 고개를 숙였다.

"……사, 사람 잘못 봤다."

하지만 글렌은 단호하게 등을 돌렸다.

"미안하지만 다른 적임자를 찾아 봐. 나도 저런 살기등등한 놈들 앞에 서면 몸이 움츠러드는 겁쟁이라고."

"그런가요. ……유감이네요."

"그럼 난 이만. 뭐, 열심히 해봐라."

애당초 글렌은 이 리제라는 학생과 될 수 있으면 연관되고 싶지 않았다.

저번 체험학습회에서 시스티나를 통해 알게 된 그녀는 겉으로만 봐선 품행방정하고 성적도 우수한 모난 구석이 없는 학생이었지만, 글렌은 어째선지 그녀에게서 정체를 알 수 없는 꺼림칙한 뭔가를 느꼈기 때문이다.

그래서 달아나듯 학생회실 문을 열고 나가려 한 순간—.

"아, 맞아. 지금부터 학교 측과 교섭하는 김에…… 얼마 전에 교내 시약 창고에서 대량으로 사라진 각종 마술 화약에 대해 한 번 거론해봐야겠네요."

리제가 요사스럽게 웃으며 그런 혼잣말을 중얼거리자, 글렌은 그 자리에서 굳어버릴 수밖에 없었다.

"범인의 목적은 대체 뭐였을까요? 설마 폭죽을 만들어서 학생들과 즐겁게 놀고 싶었던 건 아닐 테고……?"

글렌의 이마에서 대량의 비지땀이 철철 흘러내렸다.

"뭐, 착각 아닐까? 분명 장부에는 이상이 없었을걸? 그냥 재고가 다 떨어진 거 아니야?"

"학교 측은 아무도 눈치 채지 못한 것 같지만…… 사실 전 그 장부에서 부자연스러운 점을 서른여섯 곳이나 발견했거든요. ……교묘하게 위장했어도, 흠, 확실히 재고가 떨어진 것처럼 보이긴 했어요. ……어디까지나 표면상으로는요."

리제는 방긋 웃었고 글렌의 안색은 점점 새파랗게 질렸다.

"그밖에도 지난 달에 학교설립자 동상의 목을 부러트린 범인이라든가, 도서관의 악질 체납 상습범이라든가, 월급 감봉을 막으려고 학교 사무소에 침입해서 몰래 시말서를 태워 버린 사람이라든가…… 어머, 오늘 회의에서 거론할 안건들만 해도……"

"자, 그럼 가끔은 학생을 위해 힘써 보실까아아아아아아!"

그 순간, 글렌의 의욕은 최고치에 도달했다.

"아무튼 저 녀석들의 주의를 끌어서 교섭을 지연시키면 되는 거지?! 나, 나에게 맡겨만 두라고! 흠하하하하하!"

"쾌히 승낙해주셔서 감사합니다. 선생님. 역시 제가 눈여겨본 분답네요."

그런 글렌 앞에서 리제는 여전히 시치미를 떼고 미소 지었다.

"댁 같은 바보 강사에게 고액 연봉을 줄 정도라면 수강료도 좀 깎아줘도 되잖아!"

""""옳소!""""

"애초에 모든 제국민은 여왕 폐하 앞에서 평등한 거 아니었냐고!"

""""옳소!""""

살기등등한 학생들은 글렌이 도망칠 틈도 없이 완전히 포위한 채 무자비한 매도를 퍼부었다.

'젠장, 그 암여우…… 나중에 두고 보자!'

글렌은 울상이 돼서 어깨를 부들부들 떨 수밖에 없었다.

한편, 안뜰 구석에서 그런 소란을 지켜보며 비웃는 학생이 있었다.

"훗…… 시작된 건가?"

가지런한 용모. 훤칠한 키. 값비싼 장신구로 치장한, 누가 봐도 고귀한 태생의 남학생이었다.

"헤헤헤…… 알폰스 씨가 노렸던 대로네요."

"과연 알폰스 씨!"

그리고 누가 봐도 추종자인 듯한 학생들은 그런 알폰스에게 알랑방귀를 뀌었다.

"이제야 겨우 학교 측도 교섭인을 파견한 것 같지만…… 안타깝게도 그 교섭은 절대로 성공할 수 없어."

알폰스는 자신만만하게 말했다.

"그, 그건 어째선가요?"

"간단해. 학교 측 인간…… 특히 강한 발언권을 가진 자들은 그야말로 화석이나 다름없는 전형적인 마술사니까. 완고한 그치들이 학생들에게 양보할 리 없어."

알폰스는 사람을 깔보는 미소로 그렇게 대답했다.

"자신의 길을 관철하는 것이야말로 마술사. ……학생들의 압력에 『굴복해서』 수강료를 『절반』으로 『깎아주는』 수치스러운 행위는 그치들의 자존심이 용납하지 않아. 그럴 정도라면 차라리 죽음을 선택할 늙은이들이거든."

"오, 오오……?"

"그리고 우리는 절대로 『수강료를 절반으로 깎아달라는』 요구를 굽히지 않을 거다. 저기서 소란을 피우고 있는 바보들에게는 『절반』이라면 무리가 아니라고, 충분히 가능하다고 착각하게 만든 데다 무엇보다 내가 그렇게 되도록 내버려 두지 않을 테니까. 즉, 이건 처음부터 내 계획대로 흐를 수밖에 없는 시나리오였던 셈이지."

"그, 그랬군요……. 과연!"

이야기를 절반도 이해하지 못한 추종자들이 무식하게 고개를 끄덕였다.

"따라서 교섭은 고착상태에 빠질 테고 학생들의 감정과 인내심이 최고조에 도달했을 때, 내가 뒤에서 아주 살짝 선동하기만 하면 저놈들은 바로 폭도로 돌변하겠지. ……뭐, 금방 진압되겠지만 이 사태를 막지 못한 학생회장의 권위는 폭락. 리제 필마는 실각을 면하지 못할 거다. 큭큭큭."

알폰스는 즐겁게 조소했다.

"그렇게 되면 뒷일은 간단해! 기능을 잃은 학생회 대신 내가 새롭게 『학생 의회』를 발족할 거다! 초대 의장은 당연히 나! 이 학교의 학생들은 전부 내 지배를 받게 되는 거다! 아하하하하하하하!"

"뭐, 뭔지 잘 모르겠지만…… 아무튼 당신만 따르면 콩고물이 떨어진다는 거군요?!"

"끝까지 따라가겠습니다! 알폰스 씨!"

그 순간—.

"역시 흑막은 당신이었나요. 알폰스 아르간트……."

침착하게 팔짱을 낀 리제가 그들의 앞에 모습을 드러냈다.

"리……리제?!"

"어리석은 짓을 하셨군요. 영예로운 제국 상원의원의 자제인 당신이 어째서 이런 비열한 짓을……?"

리제는 비난과 고요한 분노가 깃든 눈으로 알폰스를 쏘아보았다.

"하, 하하하…… 어째서냐고?! 그야 뻔하잖아, 리제! 네가 눈에 거슬리기 때문이지!"

리제의 모습을 본 순간, 알폰스는 표정을 분노로 일그러트리고 그녀를 노려보았다.

"1년 전 학생회 선거전에서 비천한 하류계급의 네가 어떻게 고귀한 상류계급의 날 이긴 거지?! 말도 안 되잖아! 이 학교의 학생회장에…… 정점에 어울리는 건 바로 이 나라고!"

"그건 공정한 절차와 엄격한 심사를 거친 정당한 선거였어요. 그 결과에 이의를 제기하는 건…… 선거에 관여한 모든 분들에 대한 모욕이에요."

"하! 잘도 떠드는군! 어차피 학교 남학생들을 그 아니꼬운 미모로 속이고 몸을 팔아서 표를 긁어모은 거겠지?! 이 창녀! 네가 그런 더러운 수법을 쓰지 않았다면 이 몸이 질 리가 없었건만!"

"……"

고소해도 전혀 이상하지 않을 모욕을 받았음에도 리제는 지적인 표정을 무너트리지 않았다.

"……그래서? 무슨 볼일이지? 리제. 난 이래 봬도 바쁜 몸이다만?"

"아뇨, 이번 일의 주모자인 당신에게 한 가지만 확인하고 싶은 게 있어서요."

리제는 양피지 한 장을 내밀었다. 그들이 학생회를 거치지 않고 이사회에 직접 보낸 탄원서였다. 거기에는 데모에 참가한 학생들의 서명도 적혀 있었다.

"……그게 왜?"

"아뇨, 이 문장…… 『마술학원의 모든 강의자가 여는 특별 강좌를 절반의 수업료로 수강할 수 있게 할 것』. ……이건 절대로 고칠 수 없는 건가요?"

"……뭐?"

"예를 들면…… 절반이 아니라 하다못해 4할이나 3할로…… 이 문장의 해석과 조건을 변경할 생각은 없는 건가요? 일단 전 그걸 확인하러 온 거예요."

"풋…… 크크크…… 아하하하하하하하하하하하하하하!"

그러자 알폰스는 배를 잡고 웃음을 터트렸다.

"리제, 넌 바보구나?! 이제 와서 그 문장을 바꿀 리가 없잖아! 그 문장만은 절대로 못 바꿔! 단 1할도 깎아줄 수 없지! 그 문장의 조건이 달성되지 않는 한 우리는 물러서지 않을 거다! 탄원서에도 그리 적혀있을 텐데?! 혹시 넌 글도 못 읽는 거냐?!"

"……하긴. 실례했습니다."

리제는 시원스럽게 물러나며 등을 돌렸다.

"흥, 교활한 너라면 어차피 무슨 수작을 부렸겠지만…… 소용없어. 흐름은 이제 내 쪽으로 왔으니까. 네 실각은 시간문제야."

"제 진퇴 여부 같은 건 아무래도 상관없지만……."

알폰스가 그렇게 말을 던지자 리제는 걸음을 멈추고 늠름한 목소리로 대답했다.

"경애하는 선배들이 필사적으로 쟁취하고 쌓아올린 전통을 모욕하는 건 용납할 수 없어요. 이 학교의 질서는…… 학생들의 권리는 제가 지킬 겁니다."

"뭐?! 어디 한 번 해보시지! 할 수 있다면 말이지만!"

시선으로 불꽃을 흩뿌린 후, 리제는 자신을 비웃는 알폰스 일행에게서 다시 등을 돌렸다.

그 무렵, (자칭)학교 측 전권 교섭인 글렌과 데모대의 대표자들은 장소를 대강당으로 옮겨서 마침내 교섭을 시작했다.

"……따라서 우리 학생 일동은 평등의 3원칙에 근거하

여……."

"하지만 거절한다."

학생들의 장광설을 글렌이 의기양양한 얼굴로 단칼에 부정해버렸다.

"""웃기지 마아아아아아아아아아아아아아아아아!"""

"""진지하게 사람 말 좀 들으라고오오오오오오오오!"""

전격, 돌풍, 화염탄, 냉기파, 음파 폭탄…… 분노의 어설트 스펠이 글렌이 서 있는 단상을 향해 소나기처럼 쇄도했다.

"우와아아아아아아아아앗?! 타임! 타임! 자기가 강한 줄 아는 놈들에게 한 번 그렇게 말해보고 싶었던 것뿐이라고요오오오오! 죄송합니다아아아아!"

초장부터 경천동지, 질풍노도, 아비규환의 지옥도가 펼쳐졌다.

"……그러므로 우리는 학교 측에 주장한다! 이 계급 격차는 부당하다고!"

아무리 학생들이 논리적으로 호소해도—.

"흠흠…… 그래서?"

"""(짜증!)"""

"미안~♪ 깜빡하고 못 들었어~, 에헷! 낼름☆"

"""(울컥!)"""

글렌은 잽싸게 피하거나, 시치미를 떼거나, 지리멸렬한 발언을 하는 등…… 아무튼 학생들의 혼을 쏙 빼놓으며 끊임

없이 도발했다.

그럴 때마다 단상을 향해 어설트 스펠의 폭풍이 휘몰아 쳤다.

"우효오오오오오옷?!"

글렌은 이번에도 이리저리 피했다. 이러는 사이에도 시간 만 쓸데없이 흘러갔다.

—대체 교섭할 생각은 있는 거야?!

—말이 안 통해!

학생들이 글렌을 상대하는 걸 포기하려는 순간—

"잠깐! 이의 있소! 방금 네 발언은 모순됐어!"

갑자기 진지한 표정으로 돌변해서 이의를 제기했다.

"방금 너희는 학교 관계자 전원의 평등을 주장했지? 하지 만 아무리 생각해봐도 이상해! 거기에는 당연히 학교 측 교 수와 강사들도 포함돼야 하잖아!"

"윽…… 그, 그건……"

"애초에 자기 업무 성과에 정당한 보수를 요구할 권리는 제국법에도 보장되어 있거든?! 계급 차별을 들고 일방적으 로 자기 권리만 주장하는 건 잘못됐어!"

하물며 정곡을 찌르는 의견인 만큼 더 다루기 어려웠다. 무척 질이 나빴다.

"계급 차별을 문제시 삼은 너희들의 주장은 이해해! 하지 만 학교 예산도 늘 아슬아슬하다고! 마술 연구에 얼마나 돈

이 드는지는 너희도 잘 알잖아?! 그걸 감안한 수강료라는
걸 좀 이해해달라고!"

"하, 하지만! 그래도 저희에게 환원할 여유는 있을 텐데
요! 얼마 전의 교내 결산 보고에 따르면……."

그 진지한 태도에 자극받은 학생들도 다시 교섭을 시도하
려는 그때—.

"그래, 여유는 있지! 그러니 난…… 내 연봉 인상을 요구
할 거다아아아아아아아!"

"""어째서 이야기가 그렇게 되는 건데?!"""

또 이런 식으로 장난을 치는 글렌이었다.

이번에도 어설트 스펠이 빗발쳤다.

"흠하하하하하! 바보 같은 녀석들! 맞지 않으면 소용없……
으갸아아아아아?!"

결국 그렇게 하염없이 시간만 흘러갔다.

"아…… 응. 확실히 저건 선생님이 아니면 무리인 역할이
네……."

그런 혼란스러운 대강당의 한켠에서 게슴츠레한 눈으로
상황을 지켜보던 시스티나가 한숨을 내쉬었다.

"보통은 저런 식으로 다수의 표적이 되면 누구나 위축되
기 마련인데…… 저 인간은 어떻게 저토록 뻔뻔할 수 있는
건지……."

"서, 선생님. 괜찮으실까……."

"응, 괜찮아. 저런 약한 주문은 글렌이라면 문제없어."

루미아는 걱정스러운 표정이었지만 리엘은 졸려 보였다.

"뭐, 우리가 사전에 선생님께 온갖 방어 마술을 걸어뒀으니 학생 수준의 주문에 크게 다치실 일은 없을 거야. ……그보다."

시스티나는 각오를 굳히고 루미아와 리엘을 돌아보았다.

"슬슬 우리가 나설 시간이야. ……자, 일단 마음을 다잡아 보자!"

두 소녀는 고개를 끄덕였다.

"좀 창피하지만…… 리제 선배. 저는 선배를 위해 노력할게요! 그러니 선배도 힘내세요!"

시스티나는 이 자리에 없는 리제를 격려하듯 주먹을 굳세게 쥐었다.

그 무렵, 데모 대책 긴급 교직원 회의장.

"……이와 같은 이유로 기존 수강료의 『절반』이라는 금액 설정 자체는 결코 비현실적인 액수가 아니라고 봅니다만, 여러분들께선 어떻게 생각하시나요?"

회의용 원탁을 둘러싸고 앉은 교수와 강사진 앞에서 고군분투한 리제의 교섭도 마침내 가경에 접어들었다.

"흐, 흐음……."

"설마 학생회가 보조금을 내겠다니…… 그야말로 마른하

늘의 날벼락이로군."

학교 측 인물들이 현재 필사적으로 확인하고 있는 두꺼운 서류다발은 리제가 정리한 예산 관련 자료였다.

"학생회가 요즘 묘하게 씀씀이가 좋다 싶더니만……."

그 자료에는 리제를 필두로 한 현 학생회의 탁월한 업무 성과가 기록되어 있었다.

졸업생에게 보내는 회보를 통한 기부금 회수율. 학생들의 학생회비 회수율. 입학생 학부모들의 기부금. 장래에 미술사가 될 인재를 원하는 민간기업들의 지원금. 광고 수익. 학생회의 주도로 운영되는 매점 수익 같은 견실한 활동의 결과물이 쌓여서 모두의 상상을 초월하는 예산을 만들어내고 있었다. 이것야말로 현대 연금술의 정수라 할 수 있으리라.

"자료를 보다시피 저희는 지극히 건전한 흑자 경영을 이루어냈습니다. 문제는 이걸 학생들에게 어떤 식으로 환원하느냐였는데…… 마침 이번 일이 좋은 기회가 됐네요. 조금 전에 제가 제시한 대로 현재 학교 측에서 발생한 잉여 예산을 정리하여 학생회와 제휴한다면…… 특별 강좌 수강료를 『절반』으로 충분히 줄일 수 있을 겁니다. 부디 긍정적으로 검토해주시길 바랍니다."

웅성웅성…… 웅성웅성…….

처음에는 없는 예산을 대체 어디에서 차출하냐고 생각했던 학교 측 인사들도 이 자료 앞에서는 당혹스러움을 감출 수 없었다.

'자…… 여기까지는 순조롭네요. 하지만 문제는……'

리제는 심호흡을 했다.

"과연 대단하군. 리제 필마. 네놈의 학생 영역을 뛰어넘은 수완에는 감복했다."

그러자 학교 측 인사 중 한 명이 고압적인 말투로 말하고 일어섰다.

마술학원의 강사이자 이 젊은 나이에 퀸데까지 도달한 천재 마술사 할리 아스트레이였다.

'역시 나서셨군요. 할리 선생님. ……당신은 고전주의 마술사의 최선봉이자, 능력 면에서도 요즘 가장 기세가 등등한 분이니…… 당연히 나서지 않으실 리가 없겠죠.'

리제는 이지적인 표정을 유지한 채 조용히 자세를 바로잡았다.

"총명한 네놈이라면 내가 말하고자 하는 바를 이미 눈치챘겠지? 대답은 기각이다. 아무리 예산상 가능하다 해도 우리는 이 탄원을 결코 받아들일 수 없다."

"……체면 문제인가요?"

"그 말대로다."

할리는 코웃음을 쳤다.

"우리는 마술사다. 그 영혼까지도. 타인을 굴복시켜서라도, 때로는 세계의 섭리를 비틀어서라도 자신의 의지와 욕망을 관철하는 것이야말로 마술사. ……어차피 학생에 불과한 네놈들의 압력에 굴복해서 주장을 번복하는 건 우리의 긍지와 신념을 걸고 받아들일 수 없다. 그래도 네 요구를 관철하고 싶다면……."

웅성거리는 사람들 속에서 할리는 날카로운 눈으로 리제를 노려보았다.

"『힘』으로 덤벼보도록. 바라는 것이 있다면 타인의 소망을 화로에 지펴라. ……그게 바로 우리다. 그것이야말로 마술사다. 난 달아나지도 숨지도 않고 언제든지 도전을 받아주마."

공격적인 할리의 발언에 주위가 긴장으로 얼어붙었다.

"……."

무심코 눈을 감은 리제의 관자놀이를 타고 식은땀이 흘러내렸다.

물론 수십 년 전이라면 모를까 이제는 근대 법치 국가가 된 제국에서 그런 일이 허락될 리 없었다.

하지만…… 그럼에도 자신만의 법을 따르는 인종이 바로 마술사인 것이다.

'……지금이 고비겠네요.'

리제는 긴장으로 세차게 뛰는 심장을 자각하면서도 지적인 표정을 무너트리지 않고 신중하게 눈을 떴다.

"예, 그 말씀대로예요. 우리는 시민이 아닌 마술사. 우리들만의 긍지를 건 방식이 있는 거겠죠. 하지만…… 그걸 감안하고서라도 드리고 싶은 제안이 있습니다."

"호오? 어디 말해봐라, 필마."

"그건······"

한 차례 심호흡을 한 후 리제는 천천히 입을 열었다.

한편, 긴장감 넘치는 긴급 교직원 회의장과는 반대로 조금 전까지 교섭이라는 이름의 카오스 대전을 펼치고 있었던 대강당은—.

"후훗, 마실 것 받아가세요~."

"""······""."

현재 뭐라 형언할 수 있는 미묘한 분위기에 사로잡혀 있었다.

—참 나! 사람 말꼬리만 잡아대기는! 자기주장만 하는 너희를 진지하게 상대하려면 정말 끝이 없겠군! 아무튼 됐어! 일단 휴식이다!

—그건 댁이 할 말이 아니거든?!

글렌의 갑작스러운 선언으로 10분간의 강제 휴식 시간을 갖게 되었기 때문이다.

격렬한 토론으로 목이 마르고 지친 학생들이 어쩔 수 없이 쉬기 시작한 순간—.

"후훗, 마실 것 받아가세요~."

"고, 고생 많으셨어요! 여러분! 글렌 선생님도 완전히 겁먹

으셨더라구요. 이제 조금만 더 하면 될 것 같으니까 이거라도 마시고 힘내세요!"

"……응. 마셔."

어디선가 나타난 소녀들— 루미아, 시스티나, 리엘이 살기등등한 학생들에게 바지런하게 음료를 나눠주기 시작했다.

어째선지 그녀들은 귀여운 메이드복을 입고 있어서…… 자연스럽게 분위기도 누그러졌다.

"후후, 조금 전의 연설은 굉장히 멋졌어요. 앞으로도 힘내주세요."

"아…… 응……."

교내에서도 정평이 난 미소녀들이 메이드복을 입고 밝은 미소(한 명은 무표정)로 격려해주자 완전히 머리에 피가 몰렸던 학생들도 독기가 빠질 수밖에 없었다.

"웃기지 마! 지금 이런 걸 마시고 있을 때가 아니라고!"

개중에는 격렬하게 저항하는 학생도 있었다.

"히익?! 뭐, 뭐예요. ……모처럼 여러분을 위해 타온 건데……."

하지만 시스티나가 침울한 표정으로 눈물(가짜)을 글썽거리자—

"……아…… 저기…… 미안……."

남자의 슬픈 습성대로 여자의 눈물에 농락당할 수밖에 없었다.

"응. 마셔."

"……저기? 으음…… 난 이제 배가 가득 차서 더는 못 마시겠는데……."

"응. 마셔."

"……."

일부 학생들은 리엘이 담담하게 주는 대로 차가운 홍차를 쉴 새 없이 들이켰다.

"맛있어?"

"……아, 응. 굉장히……."

"다행이다. 응. 마셔."

벌컥벌컥벌컥벌컥벌컥벌컥…….

"저, 저기……?"

어찌 됐든 귀여운 소녀들이 헌신적으로 봉사해주는 모습에 과열됐던 분위기가 단숨에 식기 시작했다.

실컷 떠들어대느라 목이 바짝 마른 참에 마침 차갑고 맛있는 홍차가 나온 것도 한몫 했는지, 학생들은 그 유혹을 이기지 못하고 저마다 찻잔에 입을 가져다댔다.

'바~보 같은 놈들! 그건 세리카의 특제 릴랙스 허브가 든 홍차다! 그걸 마시고 뜨거워진 머리를 좀 식혀 보시지!'

그 광경을 지켜보던 글렌이 히죽 웃었다.

홍차 마니아인 세리카가 조합한 릴랙스 티의 효과는 발군이었다.

조금 전까지 팽팽했던 긴장감은 어디로 갔는지 곧 나른한 분위기가 감돌기 시작했고 10분뿐이었던 휴식 시간은 그대로 15분, 20분으로 계속 연장되었다.

'큭…… 이대로는 안 돼!'

그 분위기에 조바심을 느낀 알폰스가 황급히 머리 위로 손뼉을 치고 주의를 환기했다.

"어, 언제까지 쉬고 있을 거야! 재개하자! 교섭을 재개하는 거야!"

그러자 학생들은 무거운 엉덩이를 들고 다시 글렌과 교섭을 시작했다.

하지만 그 반응은 명백히 조금 전보다 느슨해져 있었다.

"빌어먹을…… 저 강사는 대체 뭐지?!"

알폰스는 짜증 섞인 눈으로 글렌과 학생들이 교섭하는 모습을 흘겨보았다.

"자 바보 놈들이랑 정면으로 충돌해서 좀 더 속을 뒤집어 놓을 줄 알았는데!"

돌이켜 보면 처음부터 그랬다.

글렌은 본론과는 전혀 관계없는 부분에서 학생들의 감정을 누차 발산시키는 것으로, 그들이 감정을 주체하지 못하고 폭주하는 것을 미연에 방지하는 거동을 보이고 있었다.

"저 자식은 교섭을 성립시킬 생각이 없는 거야?! 이대로는 쓸데없이 시간만 흘러갈 뿐인데…… 대체 뭘 위해서지?! 제길, 이렇게 된 이상!"

결국 인내심이 한계에 달한 알폰스가 직접 행동을 개시했다.

"웃기지 마! 너희들, 학교 측은 계급 격차가 초래하는 폐해를 전혀 이해하지 못하고 있어! 내가 우리의 주장이 옳다는 걸 설명해주지!"

"호오? 그럼 어디 한 번 들어볼까?"

뻔뻔한 태도로 단상에 서 있는 글렌 앞에서 지금까지 철저하게 흑막의 위치를 고수했던 알폰스가 마침내 반격에 나섰다.

1시간 후.

"……따라서 우리가 요구하는 수강료의 『절반』은 지극히 타당하고 정당한 주장이므로 학교 측은 이 제안을 받아들여야만 한다! 타협은 절대로 없다!"

"""우오오오오오오오오오오오오오오오오오오오오!"""

한 차례 냉각될 뻔 했던 강당이 어느새 다시 어마어마한 열광에 휩싸였다.

'칫…… 이건 위험해!'

겉으로는 여유 있는 표정으로 웃고 있던 글렌은 내심 조바심을 느꼈다.

'제길…… 변론가로서는 이 알 뭐시기라는 망할 꼬맹이가 나보다 몇 수는 위야!'

그 후 글렌과 알폰스를 중심으로 교섭이 재개되었다.

글렌이 아무리 뺀질거리고 억지 논리를 펼쳐도 알폰스는 그 자리에서 즉시 궤도를 수정하고 완벽에 가까운 이론 무장으로 글렌의 논조를 차례차례 봉쇄했다.

"그건 여기 모인 모두의 뜻이기도 해! 우리의 마음은 하나! 다들, 그렇지 않나?!"

"""옳소오오오오오오오오오오오오오오오오오오!"""

게다가 알폰스는 선동가로서 인간을 부추기는 데 천부적인 재능이 있었다. 과연 이 소동을 일으킨 장본인다웠다.

"아~ 틀렸군. 이제 한계야. ……비장의 패라는 건 아직도 먼 거냐? 여우……."

글렌은 씁쓸한 심경으로 학생회장의 새침한 얼굴을 떠올렸다.

'흣, 끝났군. 그리고 이 열기라면…… 가능해!'

알폰스는 그 틈을 놓치지 않고 마침내 학생들을 부추기기 시작했다.

"여러분! 이 어리석은 강사를 이대로 계속 상대해봤자 끝이 없어! 이제 우리는 마음을 하나로 모으고 일제히 궐기해서 학교 측 인사와 직접 담판을 낼 수밖에 없다! 내 제안이 어떤가!"

"옳소~! 이젠 그 방법밖에 없다고오오오오오!"

열기에 들뜬 학생들이 하나둘씩 동조하기 시작했다.

"우리의 각오를 보여주자!"

"계급 격차를 파괴하라!"

""""우오오오오오오오오오오오오오오오오오오오오오!""""

'으액…… 이런. 이런 방법까지는 쓰고 싶지 않았지만……
어쩔 수 없지!'

글렌은 씁쓸한 표정으로 주머니 안에 넣어둔 폭도 진압용
비살상 마도구인 섬광석을 손에 쥐었다.

"선생님……! 선배……!"

시스티나와 루미아도 긴장으로 몸을 굳힌 바로 그 순간이
었다.

"기다려주세요! 여러분!"

터엉!

대강당 문이 성대하게 열리고 리제가 상쾌하게 등장했다.

"방금 학교 측과 교섭이 끝났어요! 학교 측은 여러분의 주
장을 전면적으로 수락했습니다!"

""""……어?""""

그 믿을 수 없는 보고에 이 자리의 모두가 한순간 할 말
을 잃고 굳어버렸다.

"예, 『특별 강좌의 개설자가 수강 희망자에게 내린 시험을
통과했을 경우, 그 수강 희망자의 수강료를 절반으로 삭감

한다』라는 확답을 받아냈다구요!"

그렇게 말한 리제는 학교 측 인사들의 직필 사인이 적힌 서류를 높이 들어올렸다.

——.

"으하하하하하! 아주 영악하군! 리제 필마! 설마 그런 기발한 방법을 제안할 줄이야!"

"……과찬의 말씀이세요."

할리가 한 방 먹었다는 듯 기분 좋게 웃음을 터트리자 리제는 꾸벅 고개를 숙였다.

"옳거니! 학생회의 『보조금』이 아니라 『시험 의뢰비』! 우리가 학생의 탄원에 굴복한 것이 아니라, 우리가 만든 시험을 통과해야만 수강료를 『절반』으로 줄여주는 『온정』이라는 형태! 용케도 이런 허점을 찾아냈군!"

"예. 이 방식이라면 마술사로서의 체면도 훼손되지 않을 겁니다."

"그래! 게다가 우리가 받는 학생의 질을 컨트롤할 수 있는 이점도 있지! 좋다! 약간 교활하게 느껴지는 감은 있지만, 그 배짱을 봐서 이번만큼은 네 제안을 지지해주마! 고맙게 생각하도록!"

"……감사합니다."

반대파 필두인 할리가 동의한 순간, 단숨에 분위기가 궁정적인 방향으로 기울었다.

"그건 그렇고 리제 필마…… 제법이군."

소란스러워진 회의실에서 할리가 입가를 끌어올리며 말을 걸었다.

"난 사실 네놈이 곧 포기하고 가문의 힘을 동원할 줄 알았다. 물론 그 시점에서 네놈이 무슨 방법을 동원하든 전부 반대할 셈이었다만."

"……지금의 전 리제 필마. 그 이상도 이하도 아니에요."

그러자 리제도 의미심장하게 웃었다.

"그런가. 이거 실례했군. 흥, 리제 필마. 네놈 자신의 기량만으로 과연 어디까지 해낼 수 있을지…… 마음껏 시험해보도록."

"……예."

——.

"웃기지 마! 그런 걸 인정할 수 있을까 보냐아아아아아아!"

술렁이는 대강당 안에 알폰스의 절규가 메아리쳤다.

"절반은 절반 맞잖아요? 틀림없이 조건을 달성했으니 여러분은 탄원서의 약정대로 데모대를 해산하셔야만 해요."

"말도 안 돼! 대체 뭐가 달성했다는 거야! 이상한 조건이 붙었잖아! 시험을 통과했을 시에만 절반이라는 게 대체 뭐냐고!"

"어머? 그 탄원서에 『무조건 절반』이라는 말은 어디에도 적혀 있지 않았을 텐데요?"

"윽?! 아차, 그리고 보니……."

리제에게 허점을 찔린 알폰스는 표정을 일그러트렸다.

"당신도 의원의 자식이라면 알 텐데요? 계약은 문면에 적힌 게 전부예요. 확실히 조건이 붙긴 했지만, 여러분의 요구는 모순 없이 달성됐어요. 절반의 수강료로 수업을 듣는 건 이제 사실상 『누구나 가능』하니까요."

그리고 리제는 품속에서 마정석을 꺼내 알폰스에게 보여 주었다.

"참고로…… 이 문장에 다른 해석을 끼워 넣을 여지도 없어요. 이미 당신의 언질을 받아냈으니까요. 이 마정석에는 당신이 한 말이 확실히 저장됐는걸요."

"녹음 마술?! 서, 설마 너, 그때 나눈 대화를……?!"

알폰스는 입을 금붕어처럼 뻐끔거렸다.

"아~ 이건 결판이 났군."

상황을 지켜보던 글렌은 납득한 얼굴로 기막혀 했다.

"문장도 그렇고 언동도 그렇고, 책사 흉내를 내는 주제에 막상 본인은 빈틈투성이…… 요컨대, 당신은 지나치게 허술했던 거예요. 그래서 저를 이길 수 없었던 거죠."

"너, 너어어어어어어?!"

알폰스는 필사적으로 뇌를 가동해서 이 자리를 모면할 방법을 모색했다.

"아, 맞아! 계, 계약상의 관례 따윈 아무래도 상관없어! 문제는 이 자리에 모인 학생들이 과연 그 결과에 납득하느냐다!"

그리고 여기까지 와서 꼴사납게 억지를 쓰자 리제는 눈살을 찌푸릴 수밖에 없었다.

"아하, 하하하! 이런 건 인정 못 해! 다들, 동의하지?! 이런 건 불평등해! 내 말이 틀려?!"

"난 리제 회장의 제안을 지지하겠어."

"뭐······?!"

하지만 학생들의 반응은 달랐다.

"난 이 나라에서 출세하기 위해 마술사가 되려는 거야."

"상류층과 기회가 동등하다면, 본인의 노력 여하에 따라 기회를 준다면 그걸로 충분해."

"그래. 우리는 딱히 평등한 친구놀이를 하려고 들고 일어났던 게 아니라고!"

"평등하게 경쟁할 수 있는 기회를 원했을 뿐이지!"

"계속 되도 않는 억지를 쓰다가 이런 좋은 기회를 놓칠 수는 없어!"

"뭐, 시험이라면 이쪽이 더 유리하지. ······반드시 이겨주마!"

"좋아! 어디 해보자고!"

알폰스의 예상과 달리 집회는 서서히 공중분해되었다.

"잠깐만! 어, 어째서?! 너희는 평등을 사랑하잖아? 계급 격차를 혐오하잖아? 그런데 어째서 이런 불평등을 용납하는 거지?! 상류층이 우대받는 건 변함없다고! 그런데 왜!"

"당신은 주위의 사람들을 지나치게 깔본 나머지…… 그들을 잘못 본 거예요."

리제는 그런 불쌍한 알폰스에게 설명해주었다.

"그들은 결코 허울뿐인 평등을 사랑하는 어리석은 자가 아니에요. 늘 타인과의 경쟁과 투쟁 속에서 살아가는 자…… 자신이야말로 유일무이, 절대적으로 확고한 자아를 가진 존재인 마술사죠."

"……큭?!"

"저분들은 수강료가 비싸다는 것 자체에 불만을 가진 게 아니에요. 그저 자신의 재능과 관계없이 경제적인 이유로 상류계층과 마술사로서의 격차가 생기는 것에 불만을 품은 것뿐. 당신은 그 불만을 이용했으면서도…… 그 본질을 전혀 이해하지 못했던 거죠."

리제는 상쾌한 얼굴로 떠나가는 학생들을 바라보고 미소 지었다.

"이렇게 평등한 기회가 주어진다면…… 그들은 그걸로 만족할 수 있어요. 목적을 이루기 위해 지금까지보다 더욱더 마술 연마에 몰두할 수 있겠죠."

"그, 그런, 바보 같은……."

알폰스는 힘없이 무릎을 꿇었다.

"……말도 안 돼! 비천한 하류층 우민 주제에…… 그, 그런 건방진 생각을 했다고?!"

리제는 그런 알폰스를 무시한 채 글렌에게 다가가 살며시 귓속말을 건넸다.

(실은…… 이 데모의 대표자들과는 처음부터 이 조건으로 화해하기로 미리 이야기가 되어 있었어요.)

(……뭐?!)

(후후, 몰랐던 건 알폰스와 그의 추종자들뿐이에요. 사실 승부는 시작하기도 전에 끝났던 셈이죠.)

(우와…… 야, 여우. ……넌 진짜 잔인한 녀석이었구나.)

리제는 기가 막히다 못해 뺨을 실룩거리는 글렌에게 쿨하게 웃어주었다.

"……그건 그렇고."

그리고 갑자기 알폰스 앞에 멈춰 섰다.

"알폰스…… 당신, 아까 저에게 참 지독한 말을 하더군요. 뭐? 제가 몸을……?"

고오오오오…….

리제는 언뜻 밝으면서도 바닥을 알 수 없는 싸늘한 미소로 말했다.

"어, 아…… 으……."

알폰스는 반사적으로 위축되고 말았다.

'무슨 소리를 했는지 모르겠지만······.'

'저건 틀림없이 화가 났구만.'

부디 명복을······.

시스티나와 글렌은 눈을 가늘게 뜨고 서서히 뒤로 물러났다.

"포, 폭력을 휘두르려고?!"

"그럴 리가요. ······다만, 당신. 뒤에서는 꽤 악랄한 짓을 저지르고 다녔더군요?"

"그, 그게 무슨 소리지?!"

"협박, 공갈, 매수, 뇌물, 사기, 폭력 사태. 설마 위법 약물 거래까지 손을 댄 건 예상 외였지만······."

"······나, 난 무슨 소리인지 전혀 모르겠거든?!"

리제가 하나하나 지적하자 알폰스의 표정도 점점 새파랗게 질렸다.

"애초에 무슨 증거가 있어서······!"

"증거라면 조금 전에 교내 공동 게시판에 전부 붙여뒀어요. 나중에 느긋하게 감상해보세요. 사실······."

바로 그 순간, 듬직한 체구의 남자들이 강당 안으로 몰려들어왔다.

페지테 경라청의 경비관들이었다.

"······나중이 있다면 말이죠."

"알폰스 아르간트! 서까지 동행하도록!"

"히익?! 히이이이이이익?! 도, 도와줘요! 아빠아아아아!"

리제는 경비관들에게 제압당한 후 끌려가는 알폰스를 향해 쿨하게 손을 흔들어주었다.

"하아…… 여자라는 건 정말 무섭구만."

글렌은 지친 표정으로 머리를 긁적였다.

이렇게 해서 지금까지 뒤에서 남몰래 수많은 악행을 저질러왔던 알폰스는 체포되었고, 알자노 제국 마술학원을 뒤흔든 데모 소동도 막을 내렸다.

그리고 그날 밤.

"참 나, 또 날 부려먹을 셈이냐? 여우."

"후후, 너무 그러시지 마세요. 선생님."

글렌과 리제는 페지테 남쪽에 있는 레스토랑 거리를 함께 걷고 있었다. 여기저기 보이는 음식점에서는 마침 저녁때라 좋은 냄새가 풍기고 있었다.

"오늘 교섭이 잘 풀린 건 선생님 덕분이에요. 선생님께서 도와주시지 않았다면 정말 손쓸 방법이 없었답니다. ……그러니 저로서는 꼭 보답을 해드리고 싶어요."

"참 나, 약점을 잡고 강제로 돕게 한 주제에 무슨……. 뭐, 밥을 사주겠다면야 사양하진 않겠다만."

평소에는 늘 쿨한 리제가 보기 드물게 진심으로 기쁜 얼굴을 하고 말하자, 글렌도 독기가 빠질 수밖에 없었다.

음식을 잘하는 단골 가게가 있다는 리제의 안내에 따라
걸음을 옮겼다.

"아무튼…… 저번 체험학습회도 그렇고, 이번 사건도 그렇
고…… 넌 진짜 그 학교를 좋아하나 보네."

글렌은 별 생각 없이 한 말이었다.

"……예."

하지만 리제는 진지한 표정으로 고개를 끄덕였다.

"그 학교는…… 제가 일상을 느낄 수 있는 정말 소중한 장
소예요. 저와 모두가 같은 시간을 보내며 함께 웃을 수 있
는 그 장소를 전 진심으로 좋아한답니다. 다양한 사람이 함
께 절차탁마할 수 있는 그 일상도요."

"……여우?"

"학교를 졸업하면 전 두 번 다시 이런 일상을 보낼 수 없
게 될 거예요. ……그 사실에 딱히 불만은 없어요. 그러니
조금만. 아주 조금만 더…… 그 평범하지만 소중한 일상을
지키기 위해서라면…… 저는……."

그렇게 말하는 리제는 마치 고난을 각오한 성자 같은 표
정을 짓고 있었다.

"……흥, 네 가정 사정 따윈 전혀 모르고 관심도 없다만."

글렌은 그런 그녀를 잠시 못마땅한 눈으로 흘겨본 후—.

"야, 여우……. 그런 건 말이다. 처음부터 말해."

퉁명스럽게 말했다.

"처음부터 솔직히 그렇게 말해줬으면 나도 선뜻 도와줬을지도 모르는데……. 그런 협박을 하지 않아도…… 투덜투덜."

완전히 뜻밖의 발언에 리제는 눈을 살짝 휘둥그레 떴다.

그리고 곧 온화하게 미소 지었다.

"……알았어요, 선생님. 다음부터는 그렇게 할 게요."

"이 바보야! 이런 성가신 일은 더는 사양이거든?!"

두 사람이 그렇게 말을 나눈 순간이었다.

"거기 서! 리제 필마!"

"……?!"

어디선가 나타난 불량배 집단이 두 사람을 포위했다.

그 집단을 이끌고 있는 것은—.

"넌 알바트로스?! 네가 어떻게 여기에?!"

"알폰스다! 제대로 기억해 둬! 이 바보 강사!"

무시하던 상대가 실은 자신의 이름을 제대로 기억하지도 않았다는 사실에 알폰스는 분노를 터트렸다.

"그게, 알…… 뭐시기! 네가 어떻게 여기에?! 넌 낮에 체포 당했잖아!"

"제길…… 사람을 아주 바보취급하고 있어!"

하지만 곧 글렌을 상대할 때가 아니라는 듯 리제를 향해 시선을 돌렸다.

"하하하! 내가 여기 있어서 놀랐어? 리제. 난 제국 상원의원의 아들이잖아? 우리 아빠의 힘이라면 석방쯤은 식은 죽먹기지!"

"우와…… 탈옥보다 더 질이 나쁘잖아……."

"그리고 내가 여기 온 이유는 알겠지? 물론 리제…… 너에게 복수하기 위해서야!"

"……."

도망칠 틈도 없이 다부진 체격의 남자들에게 에워싸인 리제는 조용히 입을 다물었다.

"아, 저항해봤자 소용없어. 이 녀석들은 우리 가문을 섬기는 사병이야. 본격적인 전투훈련을 받은 현역병이지. 네가 아무리 우등생이라도 이만한 인원을 상대로 이길 수 있을까?"

"……그렇겠네요. 당신이 그런 권력자의 아들이라는 걸…… 그만 깜빡했어요."

그리고 마치 이 상황 자체에 체념한 것처럼 힘없이 어깨를 늘어트렸다.

"유감스럽겠지만, 리제. 난 널 납치할 거다. 그리고 오늘부터 목줄을 채우고 사육해주지. ……내 노예로서! 하하! 네가 그 학교에서 일상을 보낼 기회는…… 양지로 나올 기회는 이제 두 번 다시 없을 줄 알라고! 네 소중한 학교도 언젠가 내 권력으로 엉망으로 만들어주마! 아하하하하하! 이건 전부 네 자업자득이야! 평민 주제에 나를 화나게 한 네 잘못이라고!"

"참 나, 이런 쓰레기가 우리 학교에 정말로 있었을 줄이야……."

글렌은 싸늘한 눈으로 주먹을 쥐고 손마디를 뚝뚝 꺾었다.

"오호라, 뭘 어쩔 셈이지? 글렌 선생. 말해두지만…… 난 상원의원의 아들이거든? 나한테 손을 대면 어떻게 될지 상상이 안 가?"

하지만 알폰스는 여유 있는 표정을 무너트리지 않았다.

"애초에 이 인원을 상대로 당신 같은 삼류 마술사에 불과한 쓰레기 강사가 이길 수 있을 리 없잖아? 쓸데없는 저항은 포기하는 편이 좋을걸?"

"……."

"뭐, 듣자하니 당신도 이번에는 그 암여우에게 약점을 잡혀서 이용당했을 뿐이라며? ……그러니 그 여자에게 빚이 있는 동지로서 당신은 보내줄게. 선생."

승리를 확신한 알폰스가 글렌의 옆에 나란히 선 순간—.

"자, 선생. 당신은 방해되니까 냉큼 꺼져어어어어어어억?!"

별안간 그의 몸이 성대하게 날아가더니 뒤에서 데굴데굴 굴렀다.

"좀 닥쳐. 이 쓰레기야."

글렌이 분노의 철권으로 알폰스의 안면을 후려쳤기 때문이다.

"콜록! 쿨럭! 아, 아파! 때, 때렸어?! 이 나를 때렸어어어! 아빠한테도 맞아본 적 없는데! 주, 죽인다! 죽여 버리겠어!"

그러자 알폰스와 사병들이 살기를 드러내기 시작했다.

"서, 선생님…… 어째서?"

자신의 앞을 지키고 선 글렌의 등을 바라보며 리제는 눈을 깜빡거렸다.

"당신이 전투에 능하고 곤경에 빠진 사람을 내버려두지 못하는 호인이라는 건 들었지만…… 지금 선생님께서 적으로 돌린 건 그야말로 최악의 상대예요. 개인의 무력이 통하지 않는 권력이라는 이름의 괴물이라구요."

리제는 믿을 수 없다는 듯 고개를 내저었다.

"선생님이라면 그 사실을 모르실 리 없을 텐데…… 어째서?"

"야, 여우. 넌 머리가 좋지만, 바보지?"

글렌은 어깨를 으쓱이고 고개를 절레절레 저었다.

"일상이 소중하고 학교가 좋다는 귀여운 여학생이 눈앞에 있는데, 그런 녀석의 일상을 빼앗고 학교를 파괴하겠다는 바보 자식이 갑자기 눈앞에 나타난다면…… 일단 두들겨 패고 보는 게 당연하잖아! 교사로서!"

"……!"

"자, 달아나자! 내가 돌파구를 여마! 뒷일은…… 아…… 뭐, 나중에 생각하고!"(식은땀)

사병들과 권투 자세를 취한 글렌 사이에 일촉즉발의 분위기가 깔린 그때―.

"아뇨, 그러실 필요는 없어요."

"여우?"

리제가 묘하게 차분한 기색으로 앞으로 나서더니 글렌과 나란히 섰다.

"선생님이 거기까지 각오하셨다면…… 저도 각오를 다질 수밖에 없겠네요."

그렇게 중얼거린 리제가 가볍게 손뼉을 치자, 뒷골목과 근처 건물에서 나타난 검은 양복을 입은 다부진 체격의 험상 궃은 남자들이 알폰스와 그의 사병들을 포위했다.

"뭐, 뭐야! 너희는!"

"잘 들으세요, 알폰스 아르간트. 전 사실 리제 필마 외에도 이름을 하나 더 가지고 있어요."

리제는 당황하는 알폰스에게 담담하게 고했다.

"……리제릿트 루치아노. 그게 제 또 다른 이름이에요."

"루치아노라고?!"

글렌은 화들짝 놀라며 반사적으로 리제의 옆얼굴을 응시했다.

"루치아노라면 건국 이래로 제국의 뒷세계를 주름잡는 거물 마피아잖아! 마피아면서도 여왕 폐하에게 충성을 맹세해서 대대로 기사의 칭호를 물려받는, 제국 최고 결정기관인 원탁회에서도 한 자리를 차지한 대가문! 여우…… 설마 네가 그……?!"

"예, 맞아요. 전 루치아노가의 후계자랍니다, 선생님."

리제는 차분한 기색으로 왼손의 장갑을 벗었다. 그러자

드러난 손등에는 『비상하는 쌍두룡』의 문양…… 루치아노의 상징이 새겨져 있었다.

"아, 아, 아앗……?!"

리제의 손등에 새겨진 문양과 검은 옷을 입은 사내들 앞에서 알폰스와 그의 사병들은 아연실색하고 말았다.

"루, 루치아노라면…… 우, 우리 아르간트 가문보다 권력도, 격도 압도적으로 위잖아. ……히, 히익?! 나는 하필이면 그런 인간을 상대로…… 지, 지워질 거야. 난 이 세상에서 흔적도 없이 지워질 거라고! 으아아아아악! 그런 건 싫어어 어어어어!"

알폰스 일행은 마치 개미처럼 흩어져서 달아났다.

"……아가씨. 어쩔까요? 붙잡아서 요테 강바닥에 가라앉혀 버릴까요?"

검은 양복의 사내는 뺨을 실룩이는 글렌 앞에서 아무렇지 않게 흉흉한 말을 꺼냈다.

"내버려두세요."

"……유감이군요. 오랜만에 아가씨 앞에서 저희의 마술을 선보일 기회라고 생각했습니다만."

"저런 소인배의 피로 손을 더럽히는 건 긍지 높은 루치아노의 수치예요. 아르간트가에는…… 후훗, 할아버지를 통해서 앞으로 두 번 다시 이런 일이 없도록 호되게 혼쭐을 내줘 볼까요?"

"예! ……하명하신대로."

그리고 검은 옷의 사내들은 리제에게 공손하게 고개를 숙이고, 글렌에게도 고개를 숙이더니 눈 깜짝할 사이에 자취를 감추었다.

"참 나…… 너랑 있으면 진짜 놀랄 일만 생기네."

잠시 어색한 침묵 후 글렌은 한숨을 내쉬며 말했다.

"서, 선생님…… 저기, 죄송해요. ……저."

리제는 어째선지 슬픈 얼굴로 서먹서먹한 태도를 취했지만 글렌은 아무렇지 않게 손을 끄덕였다.

"자, 얼른 가자."

"예?"

"저녁밥 사준다면서? 나, 이제 슬슬 배고파서 쓰러질 것 같거든?"

평소와 전혀 다름없는 그 태도에 리제는 놀라서 눈을 깜빡거릴 수밖에 없었다.

"저기, 제 정체를 아셨는데도 계속 평범하게 대해주시는 건가요?"

"뭐? 마피아의 후계자인지 뭔지 모르겠다만, 넌 그 학교의 학생이잖아? 그럼 내가 취할 태도는 변함없어. ……그저 교사로서 대할 뿐이지."

글렌은 토라진 것처럼 시선을 피하고 걷기 시작했다.

리제는 잠시 어안이 벙벙한 얼굴로 그런 그의 등을 바라본 후—.

"후훗."

이윽고 가볍게 스텝을 밟으며 그의 곁에 나란히 섰다.

"야, 가깝잖아. 너무 붙지 마. 좀 더 떨어져. 성가시게시리."

"어머? 그랬나요?"

리제는 장난스럽게 웃었다.

"그건 그렇고 이제 갈 가게에서는 드시고 싶은 만큼 마음
껏 주문하셔도 상관없어요. 아무쪼록 사양하지 마세요."

"오, 그래? 미리 말해두겠다만, 난 이래 보여도 엄청 대식
가거든? 나중에 영수증 보고 울지나 마, 여우."

"……예."

그렇게 해서 두 사람은 소시민적인 글렌이 살짝 기겁할 정
도로 고급스러운 레스토랑에서 느긋하게 잡담을 나누며 만
찬을 즐겼다.

누구를 위하여 금화는 울리나

For Whom the Coin Tolls

Memory records of bastard
magic instructor

어느 날, 방과 후 알자노 제국 마술학원의 한산해진 뒤뜰.

"……그래서? 이런 곳으로 날 불러내다니, 대체 무슨 용건이야?"

글렌은 성가신 표정으로 투덜거렸다.

"……."

그의 눈앞에 있는 한 여학생은 뭔가 생각에 잠긴 듯 고개를 숙인 채 입을 다물고 있었다.

"야~야, 계속 입 다물고 있으면 모르겠잖아. 뭔가 용건이 있으면……"

그 순간, 여학생은 뭔가를 결심한 듯 고개를 들고 글렌을 똑바로 바라보았다.

"흑…… 히끅……"

그리고 눈가에는 어느새 눈물이 고이기 시작했다.

"어, 너……?"

"선생님께 이런 말씀을 드려봤자…… 분명 난처하실 테고…… 히끅…… 폐, 폐가 되겠지만…… 흑…… 그래도……"

애절함과 간절함이 동거하는 얼굴로 호소하는 소녀의 모습에 글렌은 어안이 벙벙할 수밖에 없었다.

"그래도…… 죄송해요, 선생님. ……전…… 이제…… 선생님밖에……"

"자······잠시 진정 좀 할까······?"

"뭐든지 할게요. ······저, 제가······ 선생님을 위해······ 뭐든지 할, 테니······ 그러니······."

······어느 여학생과 글렌 사이에 그런 비밀스러운 대화가 있었던 날의 주말.

시스티나, 루미아, 리엘은 휴일을 이용해서 페지테 남쪽에 있는 레스터 거리의 상점가에 놀러 와 있었다.

시스티나는 고상한 블라우스와 스카프 타이, 그리고 하이 웨스트 점퍼 스커트와 롱부츠.

루미아는 캐주얼한 코르셋 드레스와 스톨, 신발 끈이 달린 미들부츠.

평소의 교복 차림과는 어딘가 다른 화려한 분위기를 자아내는 사복을 입고 있었다.

한편, 리엘은 여태까지 줄곧 휴일에도 교복만 입고 지냈던 건지 오늘 약속 장소에도 교복을 입고 와 있었다.

"응~ 리엘에게는 이 옷이 더······ 리본도 조합하면······."

"저기, 리엘. 넌 어느 신발이 더 좋아?"

"어느 쪽이든 상관없어."

그래서 시스티나와 루미아에게 각각 손을 잡힌 채로 옷가게로 끌려와 옷 갈아입히기용 마네킹이 되고 말았다.

"응, 다 갈아입었어. 이러면 돼?"

리엘은 두 소녀가 고심한 끝에 고른 옷을 입고 탈의실 밖으로 나왔다.

아랫단이 프릴로 된 귀여운 캐미솔과 핫팬츠, 그리고 목이 긴 본샌들. 뒷머리를 적당히 묶고 있었던 평소의 끈도 지금은 화려한 색상의 큰 리본으로 바뀌어 있었다. 작은 소년 같은 체형의 리엘에게는 무척 잘 어울리는 조합이었다.

"꺄~! 진짜 잘 어울려!"

"응! 리엘, 귀여워!"

"난 잘 모르겠지만…… 글렌도…… 칭찬해줄까?"

"후훗, 분명 그러실 거야! 응, 그 옷. 나랑 시스티가 사줄게."

"……고마워. 소중히 입을게."

두 소녀는 여느 때처럼 졸린 듯한 무표정이지만 어딘지 모르게 기뻐 보이는 리엘을 데리고 가게를 나왔다.

"자, 그럼…… 이제 뭘 할까?"

"음…… 이대로 평소처럼 서점이나 카페나 잡화점을 적당히 돌아다니는 것도 나쁘진 않겠지만……."

시스티나는 턱에 검지를 대고 머릿속으로 예정을 짰다.

"아, 맞아! 너희들…… 오늘은 모험을 좀 해보지 않을래?"

"……모험?"

루미아가 고개를 갸웃거리자 시스티나는 장난스럽게 웃었다.

시스티나의 안내를 따라 소녀들이 도착한 곳은 페지테 남

쪽 상점가에서 미로처럼 복잡한 길을 지나야 갈 수 있는 암시장이었다. 미리 길을 알아두지 않으면 도저히 찾을 수 없을 정도로 외진 곳에 있었다.

"자, 닭튀김 하나에 동화로 0.8셀트! 오늘만의 특별 할인~!"

"어떠십니까, 나리! 남원에서 들여온 이 옷감은! 1미트라에 3크레스 7셀트부터니까 한 번 보고 가십쇼~!"

깔끔하고 정돈된 중심가의 상점가와 달리 왠지 어수선하고 지저분한 분위기였다.

각 건물과 광장에는 노점과 작은 점포들이 빼곡히 늘어서 있는 데다 다양한 계급의 남녀노소가 활기차게 북적거리는 어지러운 광경이 시야에 들어왔다.

"괴, 굉장하네. ……페지테에 이런 곳도 있었구나."

루미아는 눈을 휘둥그레 뜨고 신기한 눈으로 주위를 두리번거렸다.

"마도 감찰관의 딸이 이런 곳을 들락거리는 건 아무래도 좀 그렇겠지만……."

그러자 시스티나는 쓴웃음을 지었다.

"사실 여기서의 상업 활동은 정부의 통제를 벗어난 독자적인 시장경제 원리로 운영되고 있어."

"어? 그럼 위법인 거 아니니?"

"응, 까놓고 말해 완전히 비합법적인 시장이지만…… 페지테 노동자 계층의 생활과 밀착된 부분도 있다 보니 사실상 위에서도 묵인하는 상태야. 우리 아버지도 없애버리고는 싶지만, 섣불리 손을 댈 수 없다고 골치 아파 하시던걸."

"하긴 그렇겠네. ……여기가 없어지면 생활 기반이 무너질 사람들도 많을 테니까."

"하지만 그만큼 다른 곳에서는 보기 드문 귀중한 마술 촉매나 마술품, 절판 서적도 나돌고 있어. 나도 옛날에는 자주 할아버지랑 같이 와서 그런 걸 찾아다니곤 했는데……."

시스티나는 지나간 과거를 그리워하듯 눈을 가느다랗게 뜨고 주위를 바라보았다.

"오늘은 여길 탐험해보지 않을래?"

"음~ 괜찮을까? 난 좀 무서울지도……."

"괜찮아. 이 동네는 의외로 치안이 좋아. 그게 그러니까…… 분명 루치아노였던가? 이 일대를 장악한 가문에서 자경단을 조직해서 경비를 맡고 있거든."

"으음……."

"자, 가자. 리엘도 있으니까 분명 괜찮을 거야!"

그렇게 해서 소녀들은 일상을 벗어난 작은 모험을 해보기로 했다.

시스티나는 암시장 거리를 아주 당당하게, 루미아는 조심스럽게, 리엘은 여느 때처럼 무표정으로 걷고 있었다.

"여기는…… 이상한 게 잔뜩 있네."

"응, 참 신기해. 하지만…… 이렇게 가게가 잔뜩 있다 보니 어디서 뭘 파는지 영 모르겠네."

루미아 말대로 암시장에 늘어선 가게와 취급 상품에는 전혀 통일성이 없었다.

의료와 식료품과 연료 같은 생활필수품뿐만 아니라 골동품과 기호품, 서적, 무기, 장식품 등에 이르기까지 팔 수 있는 거라면 뭐든지 다 가져와서 내놓은 분위기였다.

"응, 사실 이 동네는 페지테의 지도에도 실려 있지 않으니까 처음 온 사람은 길을 헤맬지도 몰라. 뭐, 난 익숙하니까 전혀 문제없지만!"

시스티나는 의기양양하게 가슴을 폈다.

"그러니 너희들도 헤매지 않으려면 내 뒤를 잘…… 앗!"

하지만 마침 뭔가를 발견했는지 길가의 노점을 향해 달려갔다.

"자, 잠깐! 시스티!"

루미아는 황급히 리엘의 손을 잡고 그 뒤를 따라갔다.

"이, 이건 세라네스 마술 공방제(製) 알카헤스트 증류기잖아?!"

시스티나는 노점의 상품 중에서 파이프가 위에 달린 구리 용기, 연금술에 쓰는 도구를 빤히 쳐다보았다.

"와아, 예쁘기도 해라."

그리고 마술로 산화 방지 처리가 된 데다 잡티 하나 없는 적동색 표면의 광택에 무심코 넋을 잃었다.

"세라네스 마술 공방이라면…… 최고품질의 연금술 도구를 제작하는 걸로 유명한 그?"

"응! 이젠 생산이 중지됐다고 들었는데…… 설마 이런 곳에서 찾을 줄이야! 우와, 사고 싶다……."

"그러고 보니…… 웬디도 요전에 운 좋게 입수했다고 엄청 자랑스럽게 웃었지."

물론 성능이 뛰어나기도 하지만 연금술에 소양이 있는 마술사에게 세라네스 마술 공방제 연금술 도구를 쓰는 건 일종의 자기 과시적 의미가 있었다.

"하하! 안목이 훌륭하군, 아가씨들. 혹시 마술학원의 학생들인가?"

시스티나가 쇼윈도 너머의 반짝거리는 트럼펫을 동경하는 소년 같은 얼굴로 하염없이 바라보고 있자, 인상 좋아 보이는 중년의 가게 주인이 방긋 웃으며 말을 걸어왔다.

"확실히 그건 진품이고말고. 거기, 각인을 잘 보라고. 틀림없지?"

"흠흠……."

새침한 얼굴로 증류기를 손에 든 시스티나는 무게나 겉모습을 자세히 확인하다가 등에 맨 가방에서 인장 리스트를 꺼내더니 거기 실린 세라네스 마술 공방의 각인을 증류기에 새겨진 것과 유심히 비교했다.

그리고 혹시 주인이 조바심을 내거나 동요하는 기색을 보이지는 않는지 훔쳐본 후—.

"……응, 확실히 틀림없네."

진품이 맞을 거라고 확신했다.

"일류는 일류 도구를 써야하는 법이지. 아가씨는 내가 보기에 장래 유망한 마술사가 될 것 같은데…… 어때, 그걸 사는 건? 물론 값은 깎아주지. 3리르 5크레스면 괜찮지 않나?"

"3, 3리르 5크레스?! 그렇게나 비싼 물건이었나요?!"

루미아는 그 가격을 듣자마자 화들짝 놀랐다.

주화로 환산하면 리르 금화 세 닢과 크레스 은화 다섯 닢. 그녀들의 세 달분 용돈과 비슷한 금액이었기 때문이다.

"물론 전부 크레스로 줘도 돼. 그 경우에는 35크레스, 은화 서른다섯 닢이지. 어때? 이런 좋은 기회는 또 없을걸?"

"시, 시스티…… 아무리 그래도 이건 좀……."

하지만 시스티나는 의기양양하게 검지를 까닥까닥 흔들었다.

"후후, 루미아? 이 동네에선 파는 쪽이 제시하는 가격을 곧이곧대로 받아들이면 안 돼."

"뭐?"

"여기선 너처럼 정직하고 착한 사람일수록 호구가 되기 쉽거든. ……뭐, 잠깐 봐봐. 내가 이 동네의 방식이 뭔지 가르쳐줄게."

그리고 가게 주인을 돌아보며 이렇게 말했다.

"3리르 5크레스라면…… 좀 너무 비싼 거 아닌가요?"

"호오, 그런가? 하지만 이건 세라네스 마술 공방제 진품이라고? 정가로 사려면 5리르 이상은 줘야할걸?"

"흐응…… 잠깐 여길 보세요. 이 부분…… 흠집이 좀 났잖아요? 이거, 분명 중고품이죠? 디자인도 좀 구식이고."

"호오……? 용케도 그걸 알아냈군. 하지만 물건 상태는 멀쩡해. 기능적인 품질은 충분히 유지했다고 본다만?"

"예, 그 점을 감안해도…… 음, 1리르 정도면 타당하지 않을까요?"

"아하하하! 아가씨, 아무리 그래도 그건 너무 갔지! 나한테 지금 장사 접으라는 소리야? 적어도 3리르는 줘야……."

"저도 고학생이다 보니 3리르는 좀 부담이 크네요. 뭐, 여기서 안 된다면 다른 가게나 찾아보죠."

"이런, 잠깐 기다려 봐. 아가씨. 그렇다면 이 아저씨도 조금 더 깎아줄게~."

어안이 벙벙한 루미아 앞에서 흥정이 시작되었다.

그리고—.

"이야~ 내가 졌어, 아가씨. 항복이야! 좋아, 대 서비스다! 1리르 6크레스에 가져가!"

"후훗, 고마워요. 아저씨♪"

"흐에……."

루미아는 눈을 동그랗게 뜨고 감탄했다.

"어때? 반값 이하가 됐지?"

"괴, 굉장해. 시스티······."

"오늘 예산은 거의 다 날아가겠지만······ 그래도 그 세라네스 마술 공방의 물건을 건졌는걸! 응, 이 정도면 대박이지!"

시스티나가 만족스러운 얼굴로 지갑을 꺼내려 한 순간이었다.

"이봐, 아저씨. ······애들을 상대로 너무하는 거 아냐?"

갑자기 뒤에서 귀에 익은 남자의 목소리가 들렸다.

"그, 글렌 선생님?!"

소녀들이 뒤를 돌아보자, 그곳에는 등에 커다란 보자기로 싼 짐을 짊어진 글렌이 서 있었다.

"뭐~가 세라네스 마술 공방제라는 거야? 비슷한 물건에 위조 각인을 찍기만 한 가짜잖아."

글렌이 그런 이상한 모습으로 난데없이 등장한 것에도 놀랐지만 그보다 더 놀라운 건 방금 입에 담은 내용이었다.

"예에~?! 가짜?! 이게요?! 그치만 각인은······!"

"바~보. 겉만 보고 속기는."

글렌은 시스티나의 손에서 증류기를 빼앗아 들고 손가락으로 캉캉 두드렸다.

"들어 봐, 이 소리를. 아무리 생각해봐도 재료로 쓴 구리의 질이 나쁘잖아."

"예? 예에? ……뭔가 달라?"

시스티나가 시선을 보냈으나 루미아는 고개를 저었다. 그녀들로서는 그 차이를 전혀 눈치챌 수 없었기 때문이다.

"그리고 잘 봐. 구리 질을 떨어트린 만큼 생긴 무게 차를 속이려고 내벽을 아주 살짝 두껍게 만들었어. 그 세라네스 마술 공방에서 열전도율이 무엇보다 중요한 증류기를 이딴 식으로 어설프게 만들 것 같아?"

"윽! 그, 그건……."

"뭐, 가짜긴 해도 완성도 자체는 나쁘지 않아. 이 정도 품질이라면 적정가는 한 5크레스…… 은화 다섯 닢 정도겠지?"

다시 말해, 시스티나는 흥정 끝에 원가의 3배가 넘는 액수를 지불할 뻔했다는 뜻이었다.

"으~하하하! 내가 졌다, 항복! 형씨. 댁, 눈썰미가 꽤 좋구만! 용케도 가짜란 걸 알아챘어!"

가게 주인은 한 방 먹었다는 듯 자신의 머리를 쳤다.

"이봐, 주인장. 이 동네에서 댁 같은 역전의 상인이 세라네스 공방제를 1리르가 좀 넘는 가격으로 판 시점에서 가짜인 게 당연하잖아."

"하하하하! 하긴 그렇군! 나도 아직 멀었어!"

그제야 시스티나도 제정신을 차리고 화를 내며 주인에게 따지고 들었다.

"너, 너무해요! 아저씨, 절 속이신 거군요?!"

"어허, 아가씨. 조금 전에 본인도 우쭐대면서 말하지 않았나? 이 동네의 방식은~?"

"윽…… 당하는 사람이 바보였죠."

완전히 체면을 구긴 시스티나는 본격적으로 풀이 죽었다.

"훗…… 가짜를 사지 않아도 돼서 다행이네. 이 몸에게 감사해라?"

가게를 떠난 세 소녀는 글렌과 함께 암시장을 걷고 있었다.

"……나 원 참, 너처럼 온실에서 자란 세상 물정 모르는 아가씨가 이런 데서 대체 뭘 하는 건지. 조금 전처럼 속아 넘어갈 게 뻔하건만."

"으그그그그……."

시스티나의 얼굴이 굴욕감으로 새빨개졌다. 실제로 그 말이 옳다보니 전혀 반박할 수가 없었다.

"참 나, 얼른 집에나…… 응?"

갑자기 누군가가 소매를 잡아당겨서 글렌은 옆으로 시선을 내렸다.

그러자 리엘이 자신을 올려다보고 있었다.

"뭐, 뭐야?"

"……."

뭔가를 주장하듯 가슴을 편 리엘은 여느 때와 다름없는 무표정으로 글렌을 물끄러미 응시했다.

"……?"

하지만 글렌이 의아한 시선을 보내자 이번에는 무슨 생각 인지 그 자리에서 빙글빙글 돌기 시작했다.

뒷머리도 마치 꼬리처럼 붕붕 회전했다.

"……뭐 해? 바보 짓?"

"……."

그 말을 들은 리엘은 그 자리에 멈춰 서더니 약간 기분이 상한 듯 눈살을 찌푸린 후—.

"아야야야야!"

"……글렌, 미워."

글렌의 옆구리를 꼬집고 뺨을 부풀리며 고개를 홱 돌려 버렸다.

"……대, 대체 뭐야?"

"아, 아하하…… 그게……."

풀이 죽은 시스티나, 화가 난 리엘 대신 루미아가 물었다.

"그건 그렇고 선생님은 왜 여길 오신 거예요?"

"아~ 응? 나?"

그 질문에 글렌은 머리를 긁적이다가 약간 겸연쩍은 얼굴 로 대답했다.

"실은 선물을 좀 사려고. ……어떤 여자애 때문에."

"……예?"

"뭐라구요?"

그 순간, 루미아와 시스티나는 그 자리에 굳어버리고 말았다.

"……여, 여자애?"

"그래, 여자애. 하얀 고양이, 너랑 다르게 저절로 지켜주고 싶어지는 귀여운 애지."

어안이 벙벙한 시스티나의 혼잣말에 글렌은 도발적으로 대답했다.

"글렌, 선물이라니…… 난 딸기 타르트면 되는데."

"너 줄 거 아니거든!"

"……아니야?"

리엘은 눈을 살짝 부릅떴다. 표정이 적은 그녀치곤 보기 드물게 확실한 감정표현이었다. 어지간히 그 말이 충격이었나 보다.

"……저기…… 그게 누군가요?"

"미안, 그건 비밀이야. 애가 좀 내성적이거든. 그런 만큼 최대한 배려해주고 싶어서."

"서, 설마…… 그 『여자애』라는 건 선생님의 상상 속에만 존재하는 인물 아닌가요?"

"하얀 고양이, 너! 말이 너무 심한 거 아냐?! 내가 그렇게 미워?!"

그 순간, 시스티나는 루미아와 리엘을 잽싸게 끌어당기더니 소곤소곤 밀담을 나누기 시작했다.

"드, 드, 들었어?! 서서서선생님이 여여여여여자에게 서, 서, 선물이라니?!"

"잠깐 시스티, 좀 진정해. 자, 심호흡. 심호흡……."

"스읍~ 하아~."

"너, 너야말로 진정해! 루미아! 지금 네가 말을 거는 건 내가 아니라 리엘이라구!"

글렌이 『여자애』에게 선물을 사러 왔다는 충격적인 사실에 시스티나와 루미아는 완전히 동요하고 말았다.

리엘도 티는 잘 안 나지만 왠지 마음이 딴 데로 간 것처럼 불안해했다.

"그러고 보니 학교에서 소문을 들은 적이 있어. ……최근에 선생님이 어떤 여학생에게 고백 받았는데…… 그 자리에서 승낙하셨다고."

"그, 그거 나도 들었어! 하, 하지만 어차피 소문이잖아? 그야 선생님은 계속 평소와 다름없는 태도였고…… 그런 낌새도 전혀 안 보였고…… 애, 애초에 저 인간에 한해서 그런 일은……."

"하지만 선생님이 선물을 주고 싶은 상대가…… 소문의 그 『여자애』라면?"

"으으음……."

시스티나는 인상을 찡그리고 신음을 흘렸다.

신경 쓰였다. 소문의 진위는 물론이고 무엇보다 글렌이 선물을 주려고 하는 『여자애』가 대체 누구인지…… 무지막지하게 신경 쓰였다. 이유는 모르겠지만 아무튼 신경 쓰였다.

"글렌이 내가 모르는 애한테 선물을 주는 건…… 왠지 싫어."

기분 탓인지 모르겠으나 리엘도 왠지 언짢아 보이는 기색으로 세 사람의 진심을 단적으로 대변했다.

"으음, 선생님?"

"저희가 같이 가도 괜찮을까요?"

……그래서 시스티나와 루미아는 일부러 밝게 웃으며 그렇게 제안했다.

"뭐? 너희랑 내가? 어째서?"

"예?! 그게, 그러니까…… 그야 선생님은 어차피 여자한테 선물을 줘본 경험이 없을 게 뻔하잖아요!"

"저, 저희가 같이 있으면 선물 고르실 때 도움이 될 것 같아서……."

"그, 그런 건 여자의 감성도 중요하다구요! 서, 선물을 줄 사람도 저희랑 비슷한 또래잖아요?!"

"……응? 그건 또 어떻게 알았냐?"

글렌은 별 생각 없이 한 대답이었지만 그 한 마디에 시스티나는 마음이 더 급해져서 눈을 가늘게 떴다.

'……큭, 이럴 수가…… 소문의 신빙성이 높아졌잖아!'

한편, 글렌은 제자들이 묘하게 강렬한 눈초리로 자신을 바라보는 것을 보고 한숨을 내쉬었다.

"참 나, 대체 무슨 착각을 하는지 모르겠다만…… 어쩌면 오지 말라고 해도 멋대로 따라올 것 같은 분위기구만."

그리고 등을 돌린 채 걸어갔다.

"뭐, 알았다. 날 놓치지 말고 알아서 잘 따라와 봐."

(좋았어! 이대로 무슨 수를 써서든 그『여자애』의 정체와 선물을 주려는 이유를 밝혀내는 거야!)

(으, 응…….)

(나, 난 딱히 선생님이 누구랑 사귀든, 누구한테 선물을 주든 전혀 상관없지만! 하지만 루미아, 넌 신경 쓰이지?! 응! 이건 다 널 위해서야!)

(으, 으음……? 아하하…….)

루미아는 쓴웃음을 흘릴 수밖에 없었다.

"……응. 힘내서 그『여자애』의 정체를 밝혀보자."

여전히 졸린 무표정이었지만, 리엘도 이상하게 의욕적이어서 어느새 연성한 대검을 양손에 들고 있었다.

"밝혀낸 다음엔…… 베어버려야지."

""베면 안 돼!""

그리고 시스티나와 루미아에게 동시에 제지당했다.

"사실 너희 도움은 그다지 필요 없는데 말이지……."

글렌은 암시장을 걸으며 그렇게 말했다.

"뭐, 뭐예요. 지금 저희 센스를 의심하시는 거예요?"

"그건 아니야. 아무튼 리엘에게 그런 끝내주는 옷을 골라준 것만 봐도 그쪽 센스는 확실하겠지."

"……!"

그 말을 들은 리엘이 눈을 깜빡거렸다.

"……글렌, 눈치챘어?"

"아니, 눈치채는 게 당연하잖아?"

"그래. ……어울려?"

"뭐? 그야 어울리는 게 당연하지. 굳이 언급할 필요도 없잖아. 이 녀석들에게 고마워 해."

"……응."

리엘은 그 말이 내심 기뻤는지 눈을 가늘게 떴다.

"그건 그렇고…… 저희 도움이 필요 없다는 건, 혹시 선물은 이미 정하신 건가요?"

"그래, 맞아."

글렌은 힘이 쭉 빠진 표정으로 대답했다.

"이 동네를 아주 뻔질나게 돌아다니다가 이제야 겨우 그 『선물』이 있는 장소를 알아낸 참이야. ……팁을 막 뿌려대면서 찾느라 사흘이나 걸렸지. ……아~ 피곤해. ……(중얼중얼)로잘리 녀석은 자칭 탐정 주제에 이럴 땐 전혀 쓸모가 없지 않나."

"사흘이요?!"

시스티나는 놀라서 눈을 부릅떴다.

(저, 저 방구석 폐인에 벽창호인 선생님이 여자에게 줄 선물을 사흘이나 찾아다녔다니?!)

(지, 진심이신 걸까?)

(아, 아직이야! 그건 아직 몰라!)

시스티나와 루미아는 소곤소곤 밀담을 나누었다.

"……응? 너희는 또 왜 그래?"

"아, 아뇨……. 아무것도……."

"그, 그럼 선생님. 이제 그 선물을 살 곳으로 가시려는 건가요?"

"그렇다고…… 말하고 싶다만, 일단 그 전에……."

"……?"

글렌이 의미심장한 미소를 짓자 루미아와 시스티나는 동시에 고개를 갸웃거렸다.

"자, 어서 옵쇼~! 아주 진귀한 물건들이 모여 있습다~! 다른 데선 찾아볼 수 없는 최고의 물건들이라굽쇼~!"

"어서 오세요~."

"아, 거기 오빠♪ 좀 보고 가지 않을래요? ……가, 아니라!"

정신이 든 시스티나가 글렌을 확 노려보았다.

"왜 선생님도 가게를 여시는 거냐구요!"

글렌은 길바닥에 보자기를 풀고 상품을 진열해 놓은 상태였다.

"하물며 저희까지 점원으로 부려먹다니~!"

"지, 진정해. 시스티……."

딱 봐도 머리끝까지 화가 난 시스티나를 루미아가 달랬다.

"그건 그렇고…… 정말 이러고 있어도 될까요? 선생님. 그…… 선물이 이미 정해졌다면 다 팔리기 전에 얼른 사러 가시는 편이 나을 것 같은데……."

"아, 그건 걱정 없어. 아직 시작할 시간이 아니니까."

루미아가 걱정스럽게 말했지만 글렌은 그렇게 대답했다.

"아직 시작할 시간이…… 아니라구요?"

"거기다 지금 내가 가진 돈으로는 약간 부족할지도 모르니까…… 여기서 돈 좀 벌고 가려고."

"그, 그렇게 비싼 물건인가요?"

"음~ 글쎄다. 비쌀 수도 있고 쌀 수도 있겠지."

"……?"

글렌의 영문을 알 수 없는 대답에 루미아는 고개를 갸웃거릴 수밖에 없었다.

"흐응? 잘은 모르겠지만, 그 소문의 『여자애』 때문에 선생님답지 않게 꽤 필사적이시네요?"

시스티나는 딱 봐도 기분이 안 좋아 보였다.

"뭐, 그럴지도. 몇 번이나 말하지만, 나도 모르게 도와주고 싶을 정도로 참하고 좋은 애거든. 그런 애가 웬일로 부탁을 다 하니 그야 필사적이 될 만도 하지."

"으그그그……!"

한편, 리엘은 글렌 옆에 무릎을 끌어안고 앉은 자세로 눈앞에 진열된 상품을 가만히 내려다보고만 있었다.

"……♪"

조금 전에 글렌이 옷을 칭찬해줘서 그런지 벌써 기분이 풀린 모양이었다.

"……그건 그렇고 이 상품들은 대체 뭐죠?"

시스티나는 기가 막힌 얼굴로 상품들을 흘겨보았다.

수상한 거울, 이상한 수정이 달린 안경, 기묘한 디자인의 램프 등…… 누가 봐도 왠지 의심스러운 라인업이었기 때문이다.

"아, 이거? 실은 오웰이 만든 발명품들이야."

"예엣……?!"

알자노 제국 마술학원 마도 공학과를 맡은 천재 마도 공학 교수, 오웰 슈더. 그는 넘치는 재능을 늘 쓸모없는 쪽으로만 발휘해서 소동을 일으키는 진정한 변태 마스터였다.

"요전에 그 바보한테서 속임수 포커로 뜯어낸 것들이야. 그 녀석의 신작 발명품 실험을 도와주는 김에."

—참고로 그 당시의 상황—

"승부다. 에이스 포카드."

"커어어어어억?! 또 지다니이이이이! 제길! 어째서냐! 왜 내 최대의 숙적이자 마음의 친우인 글렌 선생의 속임수를 꿰뚫어보지 못하는 거지?!"

오웰은 부둥켜안은 머리를 테이블 위에 찧더니 마치 하늘을 찢을 것처럼 절규했다.

"세기의 대천재인 내가 개발한 이『속임수 발견 안경』은 그 어떤 사소한 속임수도 놓치지 않으려고 천만 배의 배율로 사물을 볼 수 있게 제작했건만! 에잇, 이 쓸모없는 녀석 같으니라고!"

"야, 천만 배라니…… 넌 물질의 원자까지 볼 수 있는 배율로 대체 어떤 속임수를 찾으려고 한 건데?"

참고로 이 안경에 적용된 것은 지금보다 백 년은 앞선 최첨단 마도 기술이었다.

"아직이다! 아직 끝나지 않았어! 이번에는 내가 선이다! 각오해!"

오웰은『속임수 발견 안경』을 벗고 그대로 바닥에 내팽개치더니 무참히 발로 짓밟았다.

"자, 카드 분배는 끝났다! 시작하자, 글렌 선생! 넥스트 게임이다!"

글렌은 손에 든 카드를 확인했다. 풀 하우스였다.

'오, 운이 좋네. 이거라면 손 기술을 써서 카드를 바꾸지 않아도……'

오웰은 그런 글렌 앞에서 정체를 알 수 없는 묵직한 상자

모양 장치를 테이블 위에 떡하니 올려놓았다.

"큭큭큭, 글렌 선생. 그 표정을 보아하니 꽤 좋은 카드가 들어왔나 보군? 하지만 소용없다! 왜냐하면 이제부터 바로 이 내가 속임수를 쓸 예정이기 때문이지!"

"……예? 뭐, 그러시든지요."

"듣고 놀라지나 마라! 이 마도 장치『누구나 간단한 속임수 군』은 모든 사상을 관측, 인식할 수 있는 주관적 개체 시점에서 최근 몇 분 안에 일어난 확률적 변동성 사상의 인과율에, 평행 세계에서의 불확정성 원리를 이용해서 간섭하는 것으로『충분히 가능할 법한 확률』을 조작하여 현실 세계의 결과를 자유자재로 바꿀 수 있는…… 누구나 간단히 속임수를 쓸 수 있게 해주는 우수한 발명품이다!"

"……잠깐 기다려 봐. 너, 방금 뭔가 터무니없는 소리를 지껄이지 않았어?"

"훗…… 누구나 간단히 속임수를 쓸 수 있다는 것 말이냐?"

"이 멍청아! 그거 말고, 그 전!"

"몰라! 아무튼 잘 봐! 지금 내 손에 든 카드들은 원페어조차 만들 수 없지만…… 언령(言靈)으로 기동! 인과 조작 개시!《내 패는·사실·스페이드 로열 스트레이트 플러시였다》!"

오웰이 마도 장치를 조작해서 그렇게 선언한 순간, 글렌이 보는 앞에서 그의 손에 든 카드들이 눈부시게 빛나더니 로열 스트레이트 플러시로 변화했다.

"어떠냐아아아아아아아!"

"우와~ 굉장해……. 『확정 사상 개입 조작』이라니…… 설마 신에 가장 가까운 남자가 이런 곳에 있었을 줄이야……."

"자! 승부다! 베팅해! 글렌 선……!"

"아니, 당연히 다이지."

글렌은 카드를 테이블 위에 던지고 승부를 포기했다.

"아뿔싸아아아아아! 불리하다고 느꼈을 때 승부를 포기할 수 있는 규칙을 그만 깜빡했어어어어어어어!"

"너, 바보지? 아니, 천재지만…… 틀림없이 바보지?"

"에잇! 언령 선언 없이 사상 조작은 불가능해! 즉, 이 장치는 속임수에는 전혀 도움이 안 되는 허섭스레기였다는 뜻이잖아아아아!"

오웰은 신의 위업에 견줄 수 있는 장치를 벽에 와장창 내던졌다.

당연히 장치는 산산이 부서졌다.

"너, 지금 진지하게 진리를 탐구하는 전 세계의 마술사들에게 시비 거는 거지?"

"아직이다! 아직 승부는 끝나지 않았어! 다음 발명품은……!"

"뭐…… 지옥의 연회였지."

"왠지 상상이 가네요."

시스티나는 아련한 표정을 한 글렌을 보고 한숨을 내쉬

었다.

"그건 그렇고 슈더 교수님의 발명품을 팔아도 정말 괜찮을까요?"

"안심해. 해가 없는 안전한 걸로만 엄선했으니까. 이 연료 없이 영원히 빛나는 램프라든가……."

그렇게 해서 선물을 살 돈을 벌기 위한 글렌의 장사가 시작되었다.

물론 이상한 상품들뿐이라 처음에는 아무도 시선을 주지 않았다.

"물건 보고가세요~."

"아, 거기 듬직한 오빠! 우리 가게 상품 좀 보고 가지 않을래요?"

"응. 사줘."

하지만 끝내주게 귀여운 소녀들이 호객행위를 하자 곧 자연스럽게 사람이 모이기 시작했다.

"뭐야 이건?! 굉장해! 이런 마도 기술은 난생 처음 봐! 이건 틀림없는 천재의 솜씨야! ……이, 이건 얼마지?! 부르는 값으로 사주마! 돈이라면 얼마든지 주지!"

"이건 절멸한 환상의 특급 찻잎 『노블 리스토네아』?! 설마 백 년 전의 보존품이 아직도 시장에 남아있었다니! 말도 안 돼! 이런 건 가짜…… 아니, 하지만 이 맛과 향기는……?!"

그중에서도 물건의 가치를 아는 마술사와 귀족들은 때때

로 파는 쪽이 기겁할 정도로 많은 돈을 지불하고 상품을 사가기도 했다.

"감사합니다~. 또 오세요~. ……저, 정말 이래도 되는 걸까? 이렇게 많이 받아도……"

"글쎄? 그건 그렇고……"

시스티나는 게슴츠레한 눈으로 글렌을 흘겨보았다.

"어때요, 할머니! 이 거울은 본인이 가장 젊고 아름다웠던 시절의 얼굴이 비치는 거울이라고요!"

"어머나, 그립기도 해라. 하긴 나한테도 이런 시절이 있었지~."

"우오옷?! 할머니, 엄청 미인이셨네요?! 어때요, 이거. 괜찮으면 사지 않으실래요?"

"으음~ 하지만 실제로 젊어지는 것도 아닌데……"

"아뇨, 몸이 아니라 마음이 젊어지는 거죠! 할머니의 인생은 지금부터가 시작이잖아요? 이 거울이라면 분명 젊은 시절의 추억과 같이 할머니의 의욕과 정렬을 되찾아줄 겁니다!"

"어머나, 젊은 총각이 말도 참 예쁘게 하네. ……우후후, 하긴 이 나이에 돈 쓸 데도 마땅치 않으니…… 이건 얼마나 해?"

"감사합니다~!"

그리고 빠릿빠릿하게 일하는 그의 모습에 한숨을 내쉬었다.

"……아주 필사적이시네. 굳이 저렇게까지 하실 필요는 없을 텐데……"

"역시 진심이신…… 걸까?"

루미아도 약간 침울한 얼굴로 말했다.

"선생님이 저렇게까지 애쓰면서 선물을 사주려고 하는 애라면…… 분명 참 멋진 사람이겠지."

"음음……."

루미아와 시스티나는 한없이 의기소침해졌다.

"응. 사줘. 안 사면……."

"히이이이이이이이익?!"

"야, 인마아아! 검으로 협박해서 파는 건 범죄라고오오!"

"……아파."

그리고 리엘은 평소처럼 관자놀이에 주먹을 빙글빙글 돌리는 벌을 받았다.

잠시 후.

"우와~ 엄청나게 벌었잖아. 이건 예상 외였군. 나, 그냥 강사 때려 치고 그 멍청이의 발명품을 파는 전문 업자나 돼 볼까~?"

글렌은 만족스러운 얼굴로 장소를 이동했다.

"안 돼요! 한 번쯤이라면 몰라도 그런 상품들이 계속 시중에 나돌면 제국 전역에 큰 소동이 벌어질 거라구요!"

그러자 시스티나가 불쾌감 MAX의 표정으로 못을 박았다.

"참 나, 그 정도야 나도 알아."

그리고 글렌은 금화가 가득 든 주머니를 응시했다.

"그건 그렇고…… 이 만큼 있으면 여유 있게 살 수 있겠군."

"정말로 대체 뭘 사시려는 거죠? 저희 또래에게 줄 선물을 살 돈으로는 좀 도가 지나친 것 같은데요."

시스티나는 한숨 섞인 목소리로 물었다.

아무튼 지금 글렌이 보유한 금화는 몇 년은 놀고먹으며 살 수 있을 정도의 액수였기 때문이다.

"뭐, 따라와 보면 알아."

그렇게 말하는 글렌을 따라 세 소녀들이 도착한 장소는…… 암시장 한 구석에 있는 강당 같은 디자인의 시설이었다.

"이건…… 혹시 경매장인가요?"

시스티나가 출입구에 걸린 간판을 보고 말했다.

"맞아. 정기적으로 열리는 이 비밀 경매장에는 출처에 좀 문제가 있는 물건들도 출품되거든. 이번에는 그 중 하나를 노리고 온 거야."

"아, 그래서 그렇게 많은 돈이 필요하셨던 거군요."

확실히 경매장에서 물건을 입찰하려면 돈은 많은 편이 유리했다.

"하, 하지만…… 여자에게 줄 선물을 비밀 경매장에서 구하다니……."

변함없이 섬세함이라곤 눈곱만큼도 없는 글렌의 사고방식

에 시스티나가 진심으로 기막혀한 순간—

"네, 네놈은 글렌 레이더스?! 어째서 여기에?!"

귀에 익은 날카로운 목소리가 고막을 찔렀고 일행은 그쪽을 향해 시선을 돌렸다.

"앗, 당신은…… 허큘리스 레이몬드 선배?!"

"그건 또 누구야! 아니, 그보다 지금 이름과 성에서 『ㅎ』과 『ㄹ』만 떼서 붙였지?! 네놈, 역시 일부러 그러는 거냐?!"

글렌의 동료인 마술강사 할리가 관자놀이에 핏대를 세우며 성을 냈다.

"으음…… 저기, 혹시 할리 선생님도 이 경매장에 참가하시려는 건가요?"

그러자 루미아가 중재하듯 물어보았다.

"흥, 그 말대로다. 정기적으로 열리는 이 경매장에는 가끔 예상치 못한 진귀한 물건이 출품되기 때문이지. 가치도 모르는 천한 것들에게 귀중한 마술품을 넘겨줄까 보냐!"

그렇게 단언한 할리는 바로 글렌 일행에게서 등을 돌렸다.

"보아하니 네놈도 경매에 참가하려는 모양인데…… 뭐, 진정한 심미안을 지닌 나와 저속한 네놈 따위가 원하는 물건이 겹칠 리는 없을 테니 안심하도록. 아무쪼록 시시한 물건에 돈이나 실컷 낭비해 봐!"

그리고 코웃음을 치며 떠나갔다.

"저 분도 여전하네요. ……저렇게 살면 피곤하지 않나?"

시스티나는 그런 할리의 등을 어처구니가 없는 눈으로 흘겨보았다.

"그, 그렇게 나쁜 분은 아니지만 말이지…… 아하하……"

루미아도 쓴웃음을 흘렸다.

"뭐, 확실히 내가 노리는 물건이 하……뭐시기 선배랑 겹칠 리는 없겠지. 딱히 마술적인 가치가 있는 것도 아니니까. 자, 가자. 슬슬 경매가 시작될 거다."

글렌은 소녀들을 재촉하며 경매장으로 들어갔다.

'……뭐지? 난 딱히 예언자도 아닌데…… 어쩐지 다음 전개를 알 것 같아……'

정신없이 몰아치는 플래그 속에서 시스티나는 비지땀을 뚝뚝 흘릴 수밖에 없었다.

경매장 내부.

넉넉한 풍채의 사람들이 잔뜩 모인 가운데, 조명을 비춘 중앙 무대의 사회자가 마침내 경매의 시작을 알렸다.

"신사 숙녀 여러분. 오늘도 저희 아일프트 상회가 주최하는 경매장을 찾아주셔서 정말 감사합니다. 그럼 먼저 여기 있는 경매품부터 소개하겠습니다."

버니걸 복장의 미녀가 유리 상자에 보관된 낡은 아뮬렛을 가져와서 관객을 향해 들어보였다.

"성력(聖曆) 1702년, 그라츠 마술 공방에서 한정 제작된

『월광의 아뮬렛』입니다.

그 소개를 들은 순간, 관객들이 흥분하기 시작했다.

"『월광의 아뮬렛』?! 몸에 지니고 있기만 해도 온갖 저주로부터 소유자를 지켜준다는 그 환상의……!"

"괴, 굉장해! 저런 진귀한 물건이 처음부터 나오다니!"

"가, 갖고 싶어……!"

"……하나 유감스럽게도 이건 불량품. 각인된 룬이 파손돼서 가호의 마력이 소실된 물건입니다."

하지만 사회자가 그렇게 덧붙인 순간, 반응은 싸늘하게 식었다.

"뭐야…… 시시하군."

"……실망이야."

마력을 잃은 가치 없는 마술품에는 관심이 없는 분위기였다.

"그래도 유서 깊은 그라츠 마술 공방제인 건 사실입니다. 그 전통과 역사에 값을 매겨주실 분도 계시지 않을까요? 그럼 1리르부터 시작하겠습니다!"

"아깝네. 마력을 잃은 마술품은 가치가 폭락하니까……."

시스티나가 아쉬운 얼굴로 무대 위의 아뮬렛을 바라본 그 때였다.

"좋았어! 저거야! 시작하자마자 나와줬구만!"

글렌이 자리에서 벌떡 일어났다.

"예?! 저걸 노리실 거예요?! 선물이라면 좀 더 나은 물건
이……."

"선언……."

거의 같은 시각.

'호오, 그라츠 마술 공방에서 한정 제작된『월광의 아뮬
렛』이라…….'

할리가 무대를 바라보며 조용히 웃었다.

'마력을 잃은 건 아쉽지만…… 저것의 진정한 가치는 저
만한 물건을 만들어낸 훌륭한 직인들의 마도 기술과 제작자
들의 신념과 긍지…… 그 역사 자체에 있는 법! 피상적인 가
치밖에 보지 못하는 어리석은 놈들은 이해하지 못하겠지만
말이지!'

그리고 자리에서 일어나 외쳤다.

'그야말로 진정한 마술사인 이 몸에게 어울리는 물건이다.
이건 내가 받아갈 수밖에 없겠군!'

"선언……."

"……10리르!"

"……10리르다!"

떨어진 곳에서 두 사람의 목소리가 동시에 울려 퍼졌다.

"……응?"

"뭐……라고……?!"

손을 들고 일어선 두 사람은 경악한 얼굴로 서로를 마주 보았다.

"컥?! 하게#1 선배?!"

"그, 글렌 레이더스……?!"

그 두 사람의 정체는…… 다름 아닌 글렌과 할리였다.

"역시…… 응, 왠지 이렇게 될 것 같더라……."

"아하하……"

"……?"

시스티나는 메마른 미소를, 루미아는 쓴웃음을 지었고 리엘은 고개를 갸웃거렸다.

한편, 관객들과 사회자는 처음부터 10배의 가격이 제시되자 아연실색했다.

"치잇! 그럼 15리르!"

"에잇, 15리르다"!

또 동시에 경매가가 치솟았다.

"서, 선배……?!"

"네, 네 이놈……!"

그리고 두 사람은 사납게 서로를 노려보았다.

웅성웅성웅성…….

경매장 또한 술렁이기 시작했다.

#1 하게 하게는 일본어로 대머리를 뜻한다.

"선배…… 여기선 귀여운 후배에게 양보해주시는 게 어떨까요? 16리르."

"귀엽긴 누가 귀엽다는 거냐! 구역질이 치미는 소리 하지 마! 17리르."

다시 불꽃이 튈 듯한 기세로 시선이 충돌했다.

"하하…… 사실 전 선배를 엄청 존경하거든요? 그러니 후배한테 좀 양보하시죠. ……20리르."

"뻔뻔스럽게 지껄이기는……! 21리르."

"어라라~? 올리는 액수가 좀 쪼잔하신 거 아닙니까? 25리르."

"조, 좋다! 그럼 난 40리르다!"

"퀙……?!"

글렌의 이마에서는 비지땀이 철철 흘러내렸다.

"으이이이익……."

"으그그그그……."

기겁하는 관객들 앞에서 글렌과 할리는 격렬하기 짝이 없는 경합을 벌였다.

"거 참, 무리하시기는. ……그런데 선배, 돈은 충분하세요? 어디 한 번 제가 오늘 가져온 돈이나 봐 주시죠! 자!"

글렌은 금화가 가득 든 주머니를 흔들어보였다. 상대를 동요시키려는 의도였다.

"와~ 내가 이런 부자였네~? 선배는 적어도 이 경매장 안

에서는 절 이길 수 없다고요! 45리르!"

"멍청한 자식! 나에게는 아직 이런 물건이 남아 있다! 상류층의 상비품이지!"

"아, 아니이이이이잇?! 수표라고?! 치사해!"

"어차피 네놈이 가진 돈은 그 주머니에 든 금화가 전부겠지?! 네놈이야말로 주제에 맞지 않는 지출은 삼가는 게 어떠냐! 50리르다!"

"저기…… 잠시만요. 글렌 선생님, 할리 선생님. ……두, 두 분 다 좀 진정하시는 게 어떨까요?"

그러자 시스티나가 뺨을 실룩이며 손을 들고 중재하려 했다.

"에잇, 넌 빠져! 하얀 고양이!"

"닥쳐라! 계집!"

"……예."

하지만 그 귀기 넘치는 분위기에 밀려서 다시 손을 내릴 수밖에 없었다.

그 후에도ㅡ.

"잠깐만요! 적당히 좀 하시라고요, 선배! 저건 마술적으로 그리 가치 있는 물건도 아니잖아요! 80리르!"

"시끄럽다! 닥쳐! 그럼 네놈이야말로 손을 떼! 100리르다!"

"100리르?! 마력을 잃은 아뮬렛에 100리르?! 선배, 바보 아니에요?! 120리르!"

"네놈이야말로 제정신이냐?! 현실을 좀 봐! 150리르!"

"아, 진짜! 저런 물건에 150이나?! 선배, 앞으로 마술 연구는 어떻게 하시려고요! 제가 포기하면 선배는 150리르나 내야 하거든요?! 160리르!"

"그럼 얼른 포기해! 170리르!"

"왜 그렇게 고집을 피우시는 거냐고요! 그러다 연구 자금을 홀랑 다 까먹으셔도 상관없다는 거예요?! 180리르!"

"그래도 네놈에게 지는 것만큼은 참을 수 없다! 200리르다아아아아!"

그런 두 남자의 신경전은 결국 돌이킬 수 없는 곳까지 가고 말았다.

……격렬한 공방전 후.

"하아…… 하아…… 하아……."

"헉…… 헉…… 끄, 끈질긴 자식……!"

현재 입찰액은 343리르.

할리가 임시 구매 권리를 얻은 시점에서 고착 상태에 빠지고 말았다.

"으, 으음…… 343리르…… 설마 오늘의 여흥으로 준비한 이 아뮬렛에 이 정도의 가치가 붙을 줄은 저희도 상상을 못 했습니다."

이 상황을 지켜보는 모든 사람들도 얼굴이 창백하게 질려 있었다.

"……하얀 고양이…… 다 셌냐? 주머니 안의 금화는 몇 개야?"

"그게…… 몇 번을 다시 세 봐도 321리르…… 안 되겠어요. ……부족해요."

금화를 센 시스티나가 고개를 저었다.

"어제가 월급날이라 내 지갑에는 지금 22리르가 들어있어. ……하지만 이걸 더해도 343리르. ……틀렸어. 같은 금액이라면 먼저 선언한 선배의 승리야! 하물며 여기는 1리르 미만의 단위는 입찰할 수도 없고!"

"포, 포기하죠. ……이건 아무리 생각해도 이상해요. ……이렇게까지 해서 꼭 저걸 선물하셔야 하는 거예요?"

"그래, 난 저게 꼭 필요해!"

시스티나가 당혹스러워했지만 글렌은 망설임 없이 대답했다.

"부탁한다, 하얀 고양이! 제발! 돈 좀 빌려다오! 금화 한 닢이라도 좋으니까!"

그리고 그녀의 발밑에 고개를 조아리며 부탁했다.

"아……."

시스티나는 눈을 크게 뜰 수밖에 없었다.

"그, 글렌 레이더스으으으?! 네놈, 학생에게 돈을 빌리겠다고?! 부끄러운 줄 알아!"

"에잇, 시끄러워요! 할버드 선배는 좀 닥치시라고요!"

"선생님……."

시스티나는 글렌의 얼굴을 지그시 바라보았다.

그의 표정은 한없이 진지했다. 그는 진심으로 저 아뮬렛을 사서 소문의 그 소녀에게 선물하려는 것이리라.

'……아니면 이렇게까지 필사적이 될 정도로 그 애를 좋아하시는 걸지도……'

이 모든 것은 사랑하는 이를 위해……. 그 모습은 참으로 우스꽝스럽고 어리석었지만 시스티나는 결코 그를 비웃을 수 없었다.

"……알았어요."

"시스티?!"

시스티나는 뭔가를 체념한 슬픈 표정으로 지갑에서 금화를 하나 꺼내 글렌에게 내밀었다.

"생각해 보면 오늘은 선생님 덕분에 쓸데없는 지출을 막았으니…… 그 보답이에요."

"꽤……괜찮겠어?"

"예, 써주세요. 하지만 저도 이 이상은 무리예요. 지금 제가 가진 전재산이니까요. 이걸로도 무리라면…… 포기해주세요."

"좋았어어어어어! 땡큐! 덕분에 살았다!"

글렌은 자리에서 일어난 후.

"사회자! 344리르! 이걸로 마지막이다아아아아아아!"

마지막 입찰을 시도했다.

"……그쪽 분, 어쩌시겠습니까? 이대로면 이 아뮬렛은 저 분 소유가 될 겁니다만."

"으, 으그그그그……."

할리는 자신의 연구 일정과 돈을 마련할 다양한 수단을 심사숙고한 후—.

"이, 이상은, 무리다……!"

어깨를 축 늘어트리며 입찰을 포기했다.

"좋았어어어어어어어어어!"

"제기라아아아아아아아알!"

글렌은 미칠 듯이 기뻐했고 할리는 분해서 발을 동동 굴렀다.

'……냉정히 생각해보면 진 게 다행일지도…….'

하지만 곧 이성이 돌아온 할리는 식은땀을 흘리고 입을 다물 수밖에 없었다.

"……잘됐네."

"응."

"……으음."

그리고 세 소녀는 왠지 복잡한 표정으로 기쁨에 잠긴 글렌의 등을 바라보았다.

"아아~ 드디어…… 드디어 이걸 입수했구나! 이, 이렇게 오래 걸릴 줄은……!"

암시장 거리를 뒤로 한 글렌 일행은 페지테 북쪽의 학생가에 와 있었다.

"이젠 어쩌실 거예요?"

"응? 그야 당연하잖아? 이걸 당장 그 녀석에게 주러 가야지."

글렌은 손으로 아뮬렛을 만지작거리며 대답했다.

"……그런가요. 잘되셨네요."

시스티나가 왠지 부러운 듯한 얼굴로 대충 대답한 순간이었다.

"선생님!"

그들을 기다리고 있던 한 소녀가 나타났다.

그 소녀의 이름은―.

"린?!"

그녀들의 같은 반 친구이자 작은 동물 같은 분위기의 포니테일 소녀 린이었다.

"여, 린. 네가 왜 여기 있냐?"

"그, 그게…… 오늘 선생님께서 그 일로 남쪽 지역에 가셨다고 들어서……."

"하핫! 그래서 여기서 기다린 거야? 너도 참 고지식한 녀석이네."

글렌은 린에게 밝게 웃어준 후―.

"그보다, 자."

아뮬렛을 던져주었다.

"이, 이⋯⋯건⋯⋯."

"어때? 십중팔구 틀림없을걸? 아니, 잘못 산 거면 그게 더 큰일인데⋯⋯."

"아뇨, 괜찮아요. 이거예요, 이거⋯⋯! 틀림없어요! 아아⋯⋯ 선생님, 감사합니다. 정말로⋯⋯ 감사⋯⋯해요! 흑⋯⋯!"

아뮬렛을 받아든 린은 소중하게 품에 안고 눈물을 뚝뚝 흘리기 시작했다.

'서, 선생님의 소중한 사람이라는 게⋯⋯.'

'서, 설마 린이었다니⋯⋯.'

그 경악스러운 사실에 루미아와 시스티나는 아연실색했다.

'하지만⋯⋯ 뭐, 어쩔 수 없나.'

하지만 시스티나는 곧 묘하게 납득했다.

'린은 자신감이 좀 부족하지만⋯⋯ 솔직하고 착한 애인걸. ⋯⋯어쩌면 잘 어울릴지도.'

그리고 어딘지 모르게 개운한 얼굴로 린에게 웃어주었다.

"저기⋯⋯ 린. 잘됐네. 행복해져."

"응?"

"선생님은⋯⋯ 평소에는 의욕 없는 글러 먹은 인간이지만, 좋아하는 사람에게는 아마 잘해주실 거야. 하지만 돈 관리만큼은 네가 확실히 해야 한다? 제대로 고삐를 잡지 않으면 나중에 돌이킬 수 없는 사태가⋯⋯."

"⋯⋯?"

린은 잠시 눈을 깜빡인 후 말했다.

"아하하! 얘도 참…… 뭔가 오해를 했나 보네."

그리고 이번 일의 진상을 밝혔다.

사실 이 아뮬렛은 원래 린의 것이었다는 모양이다. 그녀의 가문에서 대대로 전해 내려오는 소중한 물건이었다고…….

하지만 얼마 전에 소매치기를 만나는 바람에 아뮬렛을 도난당하고 말았다.

범인은 금세 잡혔지만 아뮬렛은 이미 암시장 거리에서 팔린 후였다.

그리고 경비관에게는 그 지역에 흘러들어간 물건을 추적하는 건 거의 불가능에 가까우니 포기하라는 통보를 받았다는 모양이다.

"응…… 혹시 선생님이라면…… 찾아주실지도 모른다고 생각해서……. 하지만 내 표현이 서툴러서…… 그때 근처에 있던 사람들에게 좀…… 오해를 샀었나…… 봐."

린은 겸연쩍은 얼굴로 시선을 내렸다.

"이건…… 정말 소중한 추억의 아뮬렛이야. 난 영지 경영이 순탄치 못해서 몰락한 귀족의 후예이고…… 빚투성이 영지를 국가에 반환할 때 모든 걸 잃었지만…… 그래도 이 아뮬렛만큼은 간신히 수중에 남길 수 있었다고 해."

그리고 다시 아뮬렛을 소중히 품에 안았다.

"나에게 이건 고향과 선조님을 느끼게 해주는 소중한 물

건이야. 도난당했을 때는 정말 어쩌나 싶었는데…… 다행이
야. 정말 찾아서 다행이야……."

"그, 그랬구나."

"……선생님, 이 아뮬렛을 구입할 때 얼마나 드셨어요? 지
금은 무리지만…… 제가 열심히 일해서 갚을 게요. 뭐든지
할 테니까…… 그러니……."

린은 결의에 깃든 눈으로 글렌을 바라보았다.

"필요 없어."

"예?"

"도난품만 취급하는 가게답게 좀 거칠게 나오길래…… 적
당히 협박해서 공짜나 다름없는 가격으로 후려치고 가져왔
어. ……그치?"

글렌은 시스티나 일행에게 동의를 구했다.

"……? 어째서? 글렌은 그 아뮬렛을…… 읍읍."

"마! 맞아! 그랬어! 선생님도 참 진짜 너무하시지 뭐야!"

"응! 시, 신경 쓰지 않아도 돼! 린!"

시스티나와 루미아는 황급히 양쪽에서 리엘의 입을 틀어
막았다.

"……으, 으응……."

린은 그 광경 앞에서 눈을 깜빡 거릴 수밖에 없었다.

그날 저녁.

"아니, 그, 뭐냐. ……눈앞에서 갑자기 울더라고. 엄청 소중한 물건이라면서. 그러니 어떻게든 찾아주자는 생각이 드는 게 당연하잖아? ……보통은."

왠지 몹시 미안해하는 린과 헤어진 후 일행은 그만 집으로 돌아가기로 했다.

"그렇겠네요. 선생님은 그런 분이셨죠. 하지만 공짜나 다름없다니…… 왜 그런 거짓말을 하신 거예요?"

시스티나는 기가 막힌 표정이 반쯤 섞인 얼굴로 쓴웃음을 흘리며 요즘 고생하느라 얼굴이 핼쑥해진 글렌에게 물어보았다.

"아니, 그야 너…… 린의 성격상 사실을 밝히면 받아줄 것 같아?"

"그건…… 하긴 그렇겠네요."

루미아는 쿡쿡 웃었다.

"그건 그렇고…… 선생님. 이젠 어쩌실 거예요? 결국 지출이 꽤 심하셨던 거 아닌가요?"

"뭐, 이래저래 거의 한 달분 월급이 날아갔지. 월급날 바로 다음 날인데…… 진짜 이걸 어쩌지. 하얀 고양이한테는 빚까지 졌고…… 정말 이번에는 두 손 들었다."

글렌은 깊은 한숨을 내쉬었다.

"젠장…… 모처럼 그 바보 자식의 발명품을 팔아치워서 대박이 났는데 설마 그걸 전부 날려버릴 줄이야……. 하물며 수중에 있던 돈까지 전부 토해내는 건 나도 완전히 예상 밖이었다고. 후우…… 내일부터 또 시로테 생활인가."

"정말이지…… 진짜 바보라니까."

"자자, 시스티."

세 소녀는 글렌을 돌아보았다.

"그럼 저희가 내일부터 교대로 도시락을 싸드릴게요. 괜찮지? 시스티."

"어? 아, 응. 그래. ……어쩔 수 없네! 린을 위해 일해주신 걸 봐서 이번만 특별히!"

"사실 요즘 저도 요리 연습을 하고 있답니다. 기대해주세요."

"하하하…… 신세 좀 지마."

"응. 그럼…… 나도 글렌을 위해 뱀이나 벌레 같은 걸 잡아올게. ……먹을래?"

"안 먹어!"

그렇게 네 사람은 온화한 분위기 속에서 귀가했다.

White Dog

Memory records of bastard
magic instructor

—이 세계에 『정의의 마법사』는 존재하지 않는다.

내가 그런 지극히 당연하고 단순하기 짝이 없는 사실을
깨달은 건 대체 몇 번째 임무를 완수했을 때였을까.

……이젠 기억조차 나지 않았다.

뒤를 돌아볼 여유도 없이 그저 앞만 보고 지옥을 헤쳐 왔
기에ㅡ.

이 지옥을 벗어난 저 너머에는 분명 『정의의 마법사』가 있
으리라 믿었기에ㅡ.

그리고 존재하지도 않는 『정의의 마법사』가 되기 위해ㅡ.

오늘도 나는 『정의의 마법사』로부터 멀어지고 있었다.

동경했던 마술을 혐오하게 되면서…….

ㅡㅡ.

그것은 누군가를 구하기 위해서도, 살리기 위해서도, 정
의를 위해서도 아니었다.

그저 죽이기만을 위해 당긴 살의의 방아쇠였다.

글렌이 겨눈 마총(魔銃)《페네트레이터》의 총구가 섬광을
발하는 동시에 포효하고 죽음의 가시를 토해냈다.

그 가시는 어둠을 가로지르는 은색 선을 그리며 마치 육

식동물처럼 이쪽을 향해 달려오는 남자의 가슴을 정확하게 꿰뚫었다.

"끄아아아아아아아아아아아아아아아아악!"

그 순간, 처절한 단말마가 어두운 석조 회랑 안에 길게 울려 퍼졌다.

총에 맞은 남자는 곧 정화의 불길에 타오르면서 고통에 몸부림쳤다.

"칫……."

하지만 글렌은 혀를 차더니 총구를 내리고 그 광경을 지켜보았다.

이 남자는 식시귀(食屍鬼)라 불리는 부정한 존재였다.

구울. 죽음을 초월한 불사자 중에서도 최하위의 존재.

그들은 고귀한 흡혈귀가 『되다 만』 존재였고, 지성 또한 전무했다. 불사의 육체를 유지하기 위해 흡혈 행위뿐만 아니라 인간의 살까지 먹어치우는데도 몸이 무너지는 속도가 재생하는 속도를 따라가지 못해 계속 추하게 썩어문드러지는 가엾은 존재이기도 했다.

그런 구울에게 부정을 멸하는 정화된 은 탄환을 쏜 것이다.

몇십 년이나 진혼의 성가가 계속 울려온 성당의 은 십자가로 주조한 것에 글렌이 공들여 펼친 법의식(法儀式)으로 정화의 힘을 부여한 은 탄환.

이 성스러운 총탄에 맞고도 멀쩡할 악마나 불사자는 이

세상에 존재하지 않았다.

상대가 하등한 구울이라면 더더욱······.

이미 전투는 글렌의 승리로 확정된 상황이었다.

"아아아아아아아아아아아아아아아아악!"

"······."

하지만 글렌은 구울이 고통에 몸부림치는 모습을 고뇌에 찬 표정으로 지켜보고 있었다.

그들 구울은 원래 아무런 죄도 없는 평범한 인간이었다.

악의를 가진 제3자의 마술 때문에 본인은 결코 원하지 않았는데도 이런 모습이 된 것뿐이다.

글렌이 여기에 올 때까지 처리한 몇십 명의 구울 모두가 얼마 전까지만 해도 저마다의 인생과, 가족과, 희로애락과, 행복을 지닌 평범한 인간이었다.

결코 이런 비참한 최후를 맞이해야 할 자들이 아니었다.

이런 식으로 고통에 몸부림치며 재로 변해야 할 자들이 아니었을 터······.

한동안 글렌은 단말마를 지르는 구울 앞에서 침묵을 관철했다.

"······용서해라."

그리고 곧 뭔가를 결심한 듯 총구를 들고 두 번째 은 탄환을 발사했다.

총성과 동시에 한층 더 강해진 불길이 눈부시게 어둠을

거두었다.

삽시간에 새하얀 재로 변해 흩어지는 구울.

불현듯 멎은 단말마.

글렌은 그 모든 것으로부터 등을 돌리고 공허한 표정으로
그 자리를 떠났다.

마치 끝없이 이어지는 것 같은 석조 회랑을 묵묵히 나아
갔다.

「이번에도 구하지 못했다」라는 무거운 후회만을 짊어지
고⋯⋯.

그리고 그런 글렌이 쉴 틈을 주지 않으려는 듯.

새로운 구울들이 우르르 몰려들었다.

⋯⋯⋯⋯⋯⋯.

―『정의의 마법사』가 되고 싶다.

그것이 어린 시절부터의 꿈이었다.

'넌 나에게는 훌륭한 정의의 마법사였어.'

예전에 그렇게 말해준 소꿉친구에게 당당해지고 싶었다.

알자노 제국 마술학원을 졸업이라는 명목의 중퇴 후, 제
국 궁정 마도사단의 비밀 스카우트를 기꺼이 받아들여서 마
도사로서의 길을 걷기 시작한 지 약 1년.

《은둔자》 버나드의 손에 단련되고 특무분실의 집행관 넘

버 0 《광대》로 임명받은 이래, 글렌은 제국 마도사로서 수많은 가혹한 임무를 수행해왔다.

이번에 그에게 주어진 임무는 『인간의 인공적인 흡혈귀화』라는 금기의 연구에 손을 물들인 외도(外道) 마술사 워털루 경을 처리하는 것이었다.

이번 임무의 발단은 워털루 영지의 주민들이 남김없이 실종된 수수께끼의 사건이었다.

제국 궁정 마도사단의 총력을 기울인 국비 내정 조사 결과 판명된 것은, 워털루 경이 영내의 주민들을 모조리 사악한 마술 연구의 소재로 삼았다는 추악한 진실이었다.

그런 그를 단죄하기 위해 워털루 경의 성에 침입한 글렌은 안을 배회하는 수많은 구울들을 물리치면서 마침내 성의 최심부에 도달했다.

"어째서냐! 왜 너희는 이 훌륭한 연구의 의의를 이해하지 못하는 거지?!"

워털루 경은 마도사의 예복을 입고 나타난 글렌 앞에서 그렇게 외쳤다.

"흡혈귀는 멋진 전재다! 인지를 뛰어넘은 힘! 죽음을 초월한 생명력! 인류의 진화에 공헌하려는 내 숭고한 뜻을 너희는 도대체! 왜 이해하지 못하는 거냐고!"

고귀한 쥐스토코르를 나부끼는 중년 신사, 워털루 경은

히스테릭하게 절규했다.

이곳은 그의 성 지하에 은밀히 숨겨져 있던 비밀 연구실이었다.

어두운 석조 지하 감옥과 흡사한 이 방안에는 다양한 고문기구, 마도구, 수술도구가 여기저기 널려 있었다. 그리고 그 기구들에는 하나같이 코가 썩어문드러질 듯한 피와 시체의 냄새가 진득하게 배어 있었다.

또한 이 방의 중앙에는 기묘한 마술식이 새겨진 수술대가 쭉 늘어서 있었고, 그 위에는 사슬로 팔다리가 고정된 인간이 몇 명이나 누워있었다. ……육체가 다양한 의미로「망가진」채.

"애초에 어리석은 너희들에게 내 연구의 의의를 물을 자격은……."

워털루 경은 뭔가에 도취된 상태로 계속 영문을 알 수 없는 주장을 늘어놓는 한편—

'빌어먹을! 아직 살아있는 사람은…… 구할 수 있는 사람은 없는 건가?!'

글렌은 구역질이 치미는 것을 견디고 수술대를 돌아보며 아직 인간의 형상을 유지한 사람은 없는지 필사적으로 찾았다.

'……있어!'

그리고 도저히 눈 뜨고는 볼 수 없는 무참한 광경 속에서 유일하게 「망가지지 않은」 인간의 모습을 발견했다.

워털루 경의 바로 뒤에 있는 수술대 위에, 흑단처럼 아름다운 머리카락을 가진 10대 중반의 소녀가 상처 하나 없는 나신으로 쇠사슬에 팔다리를 묶인 채 잠들어 있었다.

안색이 창백했지만 가슴은 희미하게 위아래로 움직이는 것이 눈에 들어왔다.

'저 녀석은 구할 수 있어! 구해내겠어! 나는 『정의의 마법사』라고!'

글렌은 사그라졌던 마음의 불씨를 지피고 워털루 경을 향해 소리쳤다.

"시끄러! 닥쳐! 그딴 것보다 네 뒤에 있는 그 아이를 풀어줘!"

"흥, 누가?! 죽어라! 제국군의 개! 《울부짖어라 불꽃 사자여》!"

워털루 경은 그 말을 무시하고 주문을 한 소절로 영창했다. 글렌을 뼈도 남기지 않고 불태워버릴 흑마(黑魔) 【블레이즈 버스트】를 초고속으로 발동하려 했다.

외도 마술사로 타락했다고 해도 그는 국내에서 이름을 떨친 초일류 마술사다.

삼류 마술사인 글렌은 하늘이 뒤집혀도 이길 수 없는 상대이리라.

"이, 이럴 수가?!"

하지만 다음 순간, 워털루 경은 눈을 부릅뜨며 아연실색했다.

그가 숨 쉬는 것보다 쉽게 완성한 주문이 발동하지 않았기 때문이었다.

눈앞에서는 어느새 글렌이 한 장의 아르카나를 손가락 사이에 낀 채 달려오고 있었다.

그것을 본 순간, 워털루 경은 공포로 표정을 일그러트렸다.

"과, 광대의 아르카나?! 네놈이 설마 그……!"

"우오오오오오오오오오오오오오오!"

글렌은 빠르게 파고들어 총구를 워털루 경의 미간에 겨누었다.

남은 건 방아쇠를 당기는 것뿐.

승리를 확신한 순간—.

"아……."

글렌은 무심코 움직임을 멈추고 말았다.

총구 앞에 한 소녀가 서 있었기 때문이다. 워털루 경을 감싸듯 양 팔을 벌린 채로…….

틀림없었다.

조금 전까지 수술대에 누워 있던 그 흑발의 소녀였다.

대체 어떤 힘이 작용한 건지 그녀의 팔다리를 구속했던 쇠사슬은 마치 종잇장처럼 끊어진 상태였다. 눈빛은 마치 선혈처럼 붉었고, 혈색을 잃은 피부는 시리도록 창백했고, 이상할 정도로 날카로운 송곳니가 입술 사이로 번뜩였다.

그 누가 봐도 심상치 않은 모습에…… 글렌은 깨달았다.

"너…… 설마 이 아이에게……?!"

"후, 후후후…… 아, 아무래도 늦지 않았나 보군!"

워털루 경은 소녀의 뒤에서 환희에 잠긴 목소리로 외쳤다.

"마침내…… 마침내 성공했다! 지금까지의 구울^{실패작}들과는 달라! 난 마침내 인공적으로 뱀파이어를 만들어낸 거다! 이 소녀가 바로 그 첫 번째 완성체지!"

그 순간, 글렌은 마치 뒤통수를 얻어맞은 것 같은 강렬한 충격을 받았다.

즉, 이 소녀는 이미 늦었다는 뜻이다.

결국 이번에도 구하지 못했다.

으득……!

글렌은 어금니가 부서져라 이를 악물었다.

그리고 흡혈귀 소녀는 매처럼 날아들더니 인정사정없이 팔을 휘둘렀다.

대체 그 가냘픈 팔 어디에 그런 괴력이 숨겨져 있었는지 물리적인 충격파도 발생했다.

"제기랄……!"

자신에게 인챈트한 백마(白魔)【피지컬 부스트】술식에 마력을 쏟아부은 글렌은, 일시적으로 증폭된 신체 능력으로 뒤를 향해 도약했다.

소녀의 팔이 아슬아슬하게 허공을 갈랐고, 충격의 여파가 주위에 있던 수술대들을 모조리 날려버렸다.

"흐하하! 그 피험체 365호『카밀라』는 당연히 주인인 내 명령에 절대 복종하도록 설정해뒀다! 자, 이젠 마지막 마무리다!"

워털루 경은 쥐스토코르를 펄럭이며 외쳤다.

"카밀라, 명령이다!「그 남자를 죽여!」「죽여서 생피를 마시는 거다!」그렇게 하면 너는…… 그 순간부터 진정한 흡혈귀로 완성된다! 어둠을 지배하고 뜻대로 인간을 포식하는 무적의, 지고의 존재로 거듭나는 거다!"

"예, 마스터……. 명령을 받들겠습니다."

카밀라라 불린 흡혈귀 소녀는 기계적으로 안구를 움직여서 글렌을 바라보았다.

"이봐! 너, 내 목소리가 들려?!"

하지만 글렌은 공격 의사를 보이지 않고 필사적으로 말을 걸었다.

"……드, 들려요."

그러자 카밀라는 거친 숨을 내쉬며 괴로운 표정으로 대답했다.

"난 널 구하러 왔어! 그러니 그딴 자식의 명령 따윈 듣지 마! 나중에 내가 반드시 구해줄 테니까! 반드시! 그러니까……!"

글렌은 구역질이 치밀 정도로 위선적인 말이라는 것을 자각하면서도 그렇게 외칠 수밖에 없었다.

"죄송해요. 이름도 모르는 분. 전 마스터의 명령을 거스를 수 없어요."

하지만 카밀라는 고통스러운 표정으로 신음을 흘렸다.

"거스르려고 하면…… 미쳐버릴 것처럼 온 몸이…… 뜨겁고, 고통스러워서……! 윽! 아아아아아악!"

그 순간, 그녀의 온 몸에서 마치 피처럼 붉은 문양이 빨갛게 달아올랐다.

"《예속 각인》?! 망할! 설마 저런 것까지……!"

"예. 그리고…… 굉장히 목이 말라요. 피가……피가 마시고 싶어요. 사람을 죽여서 그 따스한 피로 목을 적시고 싶어……. 내, 내가 왜…… 으아아아아아앗!"

마치 뭔가를 참는 것처럼 머리와 목을 쥐어뜯는 모습은 도저히 직시할 수 없을 정도로 고통스러워 보였다.

"아아, 어두워! 추워! 뜨거워! 괴로워! 마치 내가, 내가 아닌 것 같아! 누, 누가…… 누가 날 좀 구해줘요!"

"제기라아아아아아알!"

불사자화는 불가역성의 변화다. 그런 건 마술의 조예가 깊은 자라면 누구나 알고 있는 사실. 당연히 글렌도 처음부터 알고 있었다.

구할 수 없다면 차라리 편하게 해줄 수밖에 없으리라.

글렌이 정화된 은 탄환이 장전된 총으로 카밀라를 겨냥한 순간—.

그녀는 갑자기 그를 올려다보고 슬픈 표정으로 나직이 중얼거렸다.

"……어째서? 어째서 좀 더 일찍 와주지 않았던 거죠?"

그 순간―.

"……!"

글렌은 눈을 크게 부릅떴고, 그의 시간은 완전히 멈추고 말았다.

방아쇠를 당겨야 하는 손가락도, 몸을 움직여야 하는 다리도 마치 석상처럼 굳어버리고 말았다.

'……나 때문인가? 내가 좀 더 일찍 왔다면…… 저 아이는 살 수 있었을까?'

젊은이 특유의 근거 없는 오만한 자책감이 정신을 갈기갈기 난도질했다.

'나에게 좀 더 힘이 있었다면…… 늦지 않았을까? 구할 수 있었을까?'

하지만 그런 생각이 든 순간, 모든 것이 틀어졌다. 도저히 방아쇠를 당길 수가 없었다.

가늠쇠 너머의 카밀라를 겨냥한 총신만 힘없이 떨릴 뿐.

흡혈귀는 그런 틈을 놓치지 않았다.

"카아아아아아아아아아아아아아아아아아아아아아아앗!"

카밀라가 절규하며 잔상이 생길 정도의 속도로 달려들었다.

오른손에서는 칠흑색 손톱이 날카롭게 뻗어 치명적인 주

력을 흩뿌렸다.

그리고 움직이지 못하는 글렌을 향해 팔을 뻗으며 가슴을 관통하려 한 그때—

터엉!

갑자기 주위에 세찬 바람이 몰아쳐서 카밀라를 날려버렸다.

"꺄악?!"

"……이, 이 바람은?!"

어느새 주위에는 작은 바람의 정령들이 마치 그를 지키려는 것처럼 약동하고 있었다.

"글렌 군!"

그리고 한 줄기 바람이 글렌의 옆에 다가왔다.

바람의 상위 정령인 《풍랑(風狼)》을 거느린 소녀가 달려온 것이다.

거친 바람에 나부끼는 아름다운 백발. 한 치의 더러움도 없는 깃털 머리장식.

온화하고 늠름하게 빛나는 눈동자. 황혼을 연상케 하는 호박색 홍채.

눈처럼 흰 피부. 그 곳곳에 새겨진 신비한 붉은 문양.

마도사 예복을 입은 화사하고 늘씬한 몸만 봐서는 상상할 수 없는 믿음직한 분위기.

마치 전처녀(戰處女)처럼 등장한 이 소녀의 정체는—

"세라?!"

제국 궁정 마도사단 특무분실 소속 집행관 넘버 3 《여제》 세라 실바스.

제국군 최고의 《풍술사》였다.

휘몰아치는 바람 속에서 수많은 실프를 거느린 그녀의 모습은 이런 음산한 땅속에서도 잠시나마 영혼을 빼앗겨버릴 것처럼 무척 아름답고 용맹스러웠다.

"글렌 군, 무사하지?! 다행이야. 늦지 않아서!"

"넌 알베르트와 같이 바깥쪽을 제압하고 있었던 게…… 앗, 잠깐! 뒤!"

카밀라가 그런 세라를 노리고 날카로운 손톱을 뻗었다.

하지만 세라를 중심으로 다시 그 자리에 세찬 폭풍이 휘몰아쳤다.

그 압도적인 위력에 카밀라는 이번에도 성대하게 날아갔다.

"크윽?! 이게……!"

그녀는 공중에서 자세를 고치더니 마치 짐승처럼 몇 번이나 반격을 시도했다.

하지만 세라가 거느린 수많은 정령들이 세찬, 부드러운, 거친, 날카로운, 매서운, 용맹한 각양각색의 바람을 생성해서 카밀라의 접근을 허락하지 않았다.

세라는 마치 그녀를 자신에게 맡겨달라는 듯 오카리나를 불었다.

곧 맑은 음색이 바람을 타고 주위로 울려 퍼졌다.

그것은 남원의 어느 고귀한 유목민족 사이에서 비밀리에 전승된 특수한 정령 사역술이었다.

오카리나에서 흘러나오는 음색을 영주(슈呪)로 삼아 정령들을 제 뜻대로 조종하는 마술인 것이다.

음산했던 지하실은 어느새 바람이 지배하는 왕국으로 변모했다.

세라는 그런 바람들을 거느린 여제였다.

아무리 인간의 한계를 압도적으로 뛰어넘은 흡혈귀라도 그녀가 조종하는 수백 개의 바람을 돌파하는 건 도저히 무리였다.

지금 카밀라는 세라 단 한 사람에게 완전히 제압당한 상태였다.

"대, 대체 뭘 하는 거냐! 카밀라! 어, 어서 놈들을……!"

예상치 못했던 열세에 워털루 경이 히스테릭하게 고함친 순간—

철컥.

귓가에서 격철을 당기는 메마른 소리가 들렸다.

관자놀이에 닿은 차갑고 무거운 감촉.

"히익?!"

워털루 경이 조심스럽게 시선을 돌린 그 곳에는 어느 틈에 접근한 글렌이 자신의 관자놀이에 총을 대고 있었다. 마치 수라(修羅) 같은 표정으로…….

그리고 자신의 마술은 이미 【광대의 세계】로 봉인된 상태였다.

"제, 제발…… 살려주게. 모, 목숨만은……."

그런 워털루 경이 꼴사납게 목숨을 구걸했지만, 글렌은 무시했다.

"……죽어."

그리고 망설임 없이, 용서 없이 방아쇠를 당겼다.

한 발의 총성. 주위로 흩뿌려진 진득한 액체가 벽과 바닥에 튀며 철퍽 소리를 냈다.

가혹하고 비참했던 이번 사건에 끝을 고하는 소리였다.

전술 전과 : S급 외도 마술사 라스 워털루 경의 격파. 그 시신과 연구 내용의 회수.

최종 확정 희생자 수 : 365명.

생존한 구조자 수 : 0명.

『……이번 임무의 최종 보고는 이상이다.』

귀에 댄 보석형 통신 마도기에서 남자의 담담한 목소리가 들렸다.

특무분실의 젊은 실장이자 집행관 넘버 1《마술사》이브 이그나이트는 자신의 책상 위로 올린 늘씬한 다리를 꼰 채 그 말에 귀를 기울이고 있었다.

여기는 제도의 제국 궁정 마도사단 본부인 《업마(業魔)의 탑》에 있는 특무분실의 사무실이었다.

지금 이브는 통신기를 통해 이번 워털루 경 토벌 작전의 결과 보고를 듣는 중이었다.

"굉장한 전과잖아. 아주 잘했어."

예상을 뛰어넘은 성과에 이브는 입가를 끌어올리고 웃었다.

『…….』

"당신의 적 전력 격파수도 변함없이 괴물 같지만, 글렌이 이번에 세운 공적도 그걸 크게 뛰어넘는 위업이야. 솔직하게 칭찬해주겠다고 전해줘."

이브는 통신기 너머의 보고자에게 찬사를 보냈다. 자신이 세운 작전이 성공하는 건 당연하다는 식으로 여기는 그녀치고는 매우 보기 드문 일이었다.

"뭐, 그 인공 흡혈귀…… 피험체 넘버 365호 『카밀라』라고 했던가? 그 아이를 놓친 건 좀 불만이지만 말이지. 워털루 경을 죽여서 《예속 각인》이 풀리자마자 도주하는 건 당연히 예상했어야 하는 범주잖아?"

『그렇군. 하지만 상정했던 것보다 적의 추가 전력이 많았던 데다 상대는 흡혈귀다. 아무튼 도주에 전념한 시점에서 확실히 토벌하는 건 거의 불가능에 가깝지 않았을까 싶군.』

보고자, 집행관 넘버 17 별의 알베르트 프레이저는 담담하게 대답했다.

"흥. 나도 그 삼류에게 거기까지 기대하진 않아. 그건 그렇고…….

그러자 이브는 기쁜 얼굴로 냉혹하게 말했다.

"제법 쓸 만한 패로 성장한 것 같지 않아? 글렌은."

『…….』

이브는 그 사실이 어지간히 유쾌했는지 통신기 너머에서 침묵한 알베르트를 향해 평소보다 많은 말을 쏟아냈다.

"상대는 그 고명한 워털루 경이잖아? 바보처럼 정면에서 붙었다간 이쪽에 대체 얼마나 많은 피해가 생겼을지! 실제로 군의 실력파 마도사들도 벌써 몇 명이나 죽었는걸. 그런 상대를 이토록 간단하게! 정말 웃음이 멈추질 않는다니까!"

『…….』

"뭐, 아무튼 피험체 넘버 365호의 추적과 처분은 이쪽에서 이어받을게. 당신들은 빨리 제도로 귀환해. 아직 처리해야 할 안건들이 산더미처럼 많으니까."

이브가 한손으로 서류를 넘기면서 다음에는 어떤 임무를 맡길지 고민한 순간—

『……그것 말인데.』

알베르트가 무거운 입을 열었다.

『나와 세라는 됐다. 하지만 글렌에게는 잠시 휴가를 줄 수 없겠나?』

"뭐? 왜?"

『……지금 그 녀석은 정신적으로 피폐해져 있어.』

"어째서? 신인이 큰 고생도 하지 않고 이만한 전과를 올렸는데 대체 뭐가 불만인 거야? 피폐해질 요소가 대체 어디에 있다는 건데? ……설마 또?"

『그래. ……「결국 한 명도 구하지 못했다」는 사실에 자책감을 느끼는 모양이더군.』

"바보 아냐?!"

조금 전까지 기뻐하던 이브가 바로 불쾌하게 인상을 찌푸렸다.

"이번 임무의 요체는 워털루 경을 놓치지 않고 확실히 처리하는 것. 단지 그뿐이라고 몇 번이나 말했잖아?! 생존자 같은 건 처음부터 전혀 기대할 수 없는 상황이라고! 그만큼 열심히 설명해줬는데 아직도 납득하지 못했던 거야?! 그 남자는!"

『…….』

"흥! 혼자 무슨 『정의의 마법사』인 것처럼 굴더니만, 혼자 실패한 것마냥 좌절하다니…… 나약한 것도 정도가 있지! 웃기지 말라고 전해줘! 슬슬 포기하라고! 이젠 현실을 좀 보라고!"

『……평소보다 신랄하군, 이브. 너답지 않아.』

자기도 모르게 짜증이 난 이브를 향해 알베르트가 차가운 목소리로 대답했다.

『임무에는 결코 개인적인 감정을 끼워 넣지 않는 네가 꼭 글렌이 얽힌 일에만 감정이 흐트러지는 것 같군.』

"……기분 탓이야."

이브는 혀를 차고 얼버무렸다.

"아무튼 얼른 귀환해. 아직 처리해야 할 임무가 산더미처럼 많아. 일손은 아무리 많아도 부족하다고. 알았어? 이쪽은 그의 나약한 응석을 받아줄 시간도 여유도 없어."

『알았다. 그럼 간이 보고를 마치지. 자세한 내용은 서면으로 제출하마.』

변함없이 사무적인 태도로 담담하게 말한 알베르트가 바로 통신을 끊으려 한 순간—

"……자……잠깐 기다려!"

이브가 토라진 얼굴로 제지했다.

『뭐지? 보고에 부족한 점이라도 있었나?』

"……"

이브는 통신기에 귀를 댄 채 잠시 입을 다문 후 말했다.

"……생각해 보니 글렌은 신인인 주제에 요즘 쉴 새 없이 일만 했던 것 같네."

『그래.』

"흥, 이제야 좀 쓸 만해진 것 같은데 여기서 망가지기라도 하면 아쉽겠지. ……알았어. 쉬고 싶으면 잠시 쉬라고 해."

『…….』

"그런 김에 그의 보모^{세라}에게도 휴가를 주겠어. 알아서 그를 다독여주라고 전해줘."

『알았다. 그렇게 전하지.』

"말해두지만, 별다른 뜻은 없어. 이게 당신들을 가장 효율적으로 운용하는 방식이라고 판단한 것뿐이니까 착각하지 마. ……잠깐, 뭐야. 당신 왜 입을 다물고……."

그런 이브를 한 남자가 사무실 구석에서 차가운 눈으로 지켜보고 있었다.

"글렌 레이더스……. 이번에도 또 살아남은 건가."

약간 의외라는 표정으로 중얼거린 그 남자의 이름은, 저티스 로우판.

제국 궁정 마도사단 특무분실 소속의 집행관 넘버 11《정의》였다.

"거 참, 이상하기도 하지. 그가 맡은 임무에선 늘 제법 높은 사망률이 산출됐었는데 설마 아직도 살아있다니…… 마술사로선 삼류인 주제에 정말 악운만큼은 강한 인간이군."

사실 그는 주위에는 비밀로 하고 있지만 미래예지에 가까운 행동 예측 마술을 쓸 수 있었다.

오리지널 【유스티아의 천칭】에 의한 수비술.^{게마트리아}

이 행동 예측 마술의 정밀도에는 꽤 자신이 있었건만 요즘 글렌에 관한 계산만 계속 어긋나는 게 왠지 마음에 들지 않았다.

애당초 자신의 절대 정의를 믿고 악을 단죄하는 저티스에게 자기 주제도 모르고 『정의의 마법사』가 되려 하는 글렌은 눈엣가시처럼 걸리적거리는 존재였다.

"뭐, 됐어. 이런 우연이 몇 번이나 계속될 리는 없으니. 자, 그럼……."

사실 이번에 저티스는 감시용 인공 정령을 글렌에게 몰래 딸려 보냈었다.

그 인공 정령이 보낸 모든 데이터를 수치, 수식화한 후 수비술로 계산해서 글렌의 가까운 미래를 산출하자 뜻밖의 결과가 나왔다.

"……옳거니. 그렇게 되는 건가. 즉…… 드디어 죽는 거군."

저티스는 유쾌한 얼굴로 조소했다.

"설마 앞으로 그런 전개가 일어나게 될 줄이야. 이 시나리오에서 글렌의 생존율은 9.92퍼센트…… 열 번 중 아홉 번은 죽을 확률이니 이번에야말로 무리겠지."

그렇게 냉혹하게 판단한 저티스는 잠시 바깥 공기를 마시려고 사무실을 나왔다.

"하지만 설마 그가 정에 휘둘려서 그런 선택을 하게 될 줄이야. ……정말 위선자 납셨군. 시시해. 내 절대 정의와 비교할 가치도 없어. 어차피 그는 그 정도의 그릇에 불과했다는 거겠지."

이 계산 결과를 딱히 누군가에게 보고할 생각은 없었다.

원래 이런 특기가 있다는 것 자체가 비밀인 데다, 애당초 저티스는 글렌을 그저 운이 좋아서 살아남았을 뿐인 별볼일 없는 남자로 보고 있었다.

"그는 내 정의 집행에 아무런 영향도 주지 못해. ……그럼 내버려둬야지 뭐."

그렇게 혼잣말을 중얼거린 저티스는 의미심장하게 웃으며 탑의 복도를 걸어갔다.

……

……정의의 마법사가 되고 싶다.

그런 생각을 하게 된 계기는 무엇이었을까.

기억을 돌이켜보면 참으로 먼 과거의 일이었다.

어느새 자신은 새카만 어둠속에서 홀로 떨고 있었다.

그 전까지의 일은 아무것도 알지 못했고 기억나지도 않았다.

그저 온 몸이 옴짝달싹도 할 수 없이 마비된 상태로 머리만 깨질 듯이 아팠다.

무섭고 불안해서 누군가에게 제발 도와달라고 요청하는 수밖에 없었다.

구해줘요. 구해줘요. 누가 좀 구해주세요.

그대로 정신이 나갈 정도로 계속 울부짖었다.

이대로 이 어둠속에서 아무도 모르게 죽을 거라고 절망

한 순간······.

그 사람은 아무런 전조도 없이 자신 앞에 불쑥 나타났다.

"······거기 있는 건······ 누구지?"

여신을 방불케 하는 미모.

피에 젖은 모습조차 무섭다기보단 마치 그것이 훈장인 것처럼 숭고하게 느껴졌다.

끝없이 절망했던 자신을 별 대수롭지 않은 일처럼 간단히 구해준 것은 눈이 확 떠질 정도로 아름다운 마법사······ 그것도 세계 최고의 마법사였다.

당시의 어린 마음에도 이 사람은 정말 굉장한 마법사라고 느꼈다.

아무튼 그런 절망과 지옥에서 자신을 간단히 구해주었으니까.

이제 와서 돌이켜보면······ 딱히 자신을 구해주려는 의도는 없었을지도 몰랐다.

단순한 변덕일지도 몰랐다.

하지만 기뻤다. 자신을 절망에서 구해준 그 사람이 그저 고맙기만 했다.

적어도······「항상 늦어버리는」 자신과 달리 그 사람은 늦지 않았으니까.

그러니 그 사람이야말로 틀림없는 진짜 정의의 마법사이리라.

아직 어렸던 자신에게는 그것이 세계의 전부이자 불변의 진실이었다.

그래서 동경했다.

그 사람이 가르쳐준 신비한 마술의 세계에 매료된 것도 있었다.

마술이 좋아서 그 정점을 목표로 삼게 된 것도 있었다.

하지만 본질적으로는 단순히 동경하는 그 사람처럼 되고 싶었던 것뿐이었다.

그때의 자신처럼 절망에 잠겨 흐느껴 우는 사람들을 구해줄 수 있는, 손을 내밀어줄 수 있는…… 그런 사람이 되고 싶었던 것이다.

어떻게 해야 그 사람처럼 될 수 있을까. 비슷해질 수 있을까.

그 사람과 함께 보내는 일상 속에서, 그 사람이 의기양양한 얼굴로 다양한 마술을 보여줄 때마다 계속 그렇게 자문했다.

그러던 어느 날, 그 사람과 같이 어떤 책을 읽게 된 순간―.

바로 이거라고 생각했다.

적어도 그때는…….

"…………."

그날 글렌은 《엄마의 탑》 안에 있는 개인실에서 눈을 떴다.

워털루 경을 토벌한 지 벌써 며칠이 지났지만 임무 인수인

계나 이런저런 절차 때문에 결국 제도에 귀환한 건 어제였다.

아무래도 긴 여행으로 피로가 쌓였던 건지, 살풍경한 방의 창문에서 들어오는 햇빛의 각도로 봐선 정오가 될 때까지 곯아떨어진 모양이었다.

이유는 알 수 없으나 갑작스러운 휴가 통보를 받은 덕분에 늦잠을 자도 딱히 문제 될 건 없었다.

"젠장, 너무 오래 잤잖아. ……이러고 있을 때가 아니지."

하지만 글렌은 누군가가 재촉하는 것도 아닌데 부랴부랴 일어나더니 마도사 예복으로 갈아입었다.

그리고 냉큼 방을 나섰다.

《업마의 탑》의 계층 구조는 무척 복잡하다.

글렌은 아직도 가끔 길을 잃을 때가 있는 탑 안을 빠른 걸음으로 나아갔다.

나선 계단을 오르고 복도를 지나 곧 목적지에 도착했다.

《각격(刻隔)의 방》. 탑 내부에 있는 마도사용 수련장 중 하나였다.

특수한 이계 공간으로 이루어진 이 내부는 외부와 시간의 흐름이 다르다. 이 안에서 보내는 일주일은 바깥의 하루에 해당됐고 육체 나이도 똑같이 하루밖에 먹지 않았다.

또한 이계 공간인 덕분에 안은 보기보다 굉장히 넓은 데다 마술 수련과 연구와 개발에 필요한 설비나 도구도 갖춰져 있어서 단시간에 실력을 올리기에는 최적의 공간이었다.

다만, 이 안에서 보낼 수 있는 시간은 외부 시간을 기준으로 총 1년. 그 이상을 보내면 시간의 모순에 정신과 영혼이 붕괴할 위험성이 있었다.

사실 글렌도 신인 마도사 시절에는 버나드의 지도로 이 안에서 한 사람 몫을 할 수 있을 때까지 철저하게 구른 적이 있었다.

이번에는 특별 휴가를 전부 이 안에서 훈련하는 데 쓰려고 사용 신청을 한 참이었다.

"……좋아."

글렌이 각오를 굳힌 듯 문을 열려 한 그때—.

"앗~! 글렌 군~!"

긴장한 분위기의 글렌과 달리 왠지 느긋한 분위기의 소녀가 기쁜 목소리로 외치며 달려왔다.

"글렌 군도 참. 이제야 일어난 거야? 잠꾸러기네."

왠지 강아지를 연상케 하는 분위기의 소녀, 세라는 글렌 앞에서 밝게 웃었다.

만약 꼬리가 있었다면 지금쯤 정신없이 붕붕 흔들고 있었으리라.

글렌은 그런 세라를 볼 때마다 어째선지 늘 하얀 개의 모습을 떠올렸다.

"시꺼. 냅둬."

매몰차게 대답했지만 세라는 전혀 개의치 않았다.

"있지, 글렌 군. 이런 데서 뭐 해?"

"……그야 뻔하잖아?"

글렌은 기가 막힌 듯 한숨을 내쉬고 대충 대답했다.

"다음 임무가 시작되기 전까지 여기서 수행이나 하려고."

"에엑~? 모처럼 받은 휴가인데? 후훗, 참 성실하네."

"……."

글렌은 짜증스러운 눈으로 세라를 흘겨보았다.

솔직히 말하자면 무슨 일이 있을 때마다 누나처럼 굴며 간섭하는 그녀가 거북했다.

'얼른 좀 가지 않으려나……'

하지만 세라는 그런 글렌의 속내를 아랑곳하지 않고 즐거운 얼굴로 계속 말을 걸었다.

"그건 그렇고 글렌 군은 정말 대단해."

"……."

"좀 위태로운 구석도 있지만, 싸우는 방식이 굉장히 능숙하던걸. ……마치 버나드 씨처럼."

"……."

"특무분실에 들어온 지 1년밖에 안 됐는데 벌써 이렇게 활약하다니…… 후훗. 난 분명 금방 추월당할 거야. 내가 선배인데 이거 참 곤란한걸."

그저 천진난만하게 웃을 뿐.

"······하! 누가 대단하다고?"

그런 구김살 없는 모습이 신경을 건드렸는지 글렌은 무심코 반응했다.

"글렌 군?"

"전혀 못 구했잖아."

그런 자포자기한 듯한 발언에 세라도 표정을 굳혔다.

"저번 임무의 꼴사나운 결과는 뭐지? 난 아무도 구해주지 못했어."

"······글렌 군. 그 임무는 어쩔 수 없었어. 그건 원래······."

세라는 슬픈 얼굴로 위로하려 했다.

"어쩔 수 없기는 무슨!"

하지만 오만한 자책감에 사로잡힌 글렌에게는 닿지 않았다.

"나에게 좀 더 힘이 있었다면····· 좀 더 빨리 흑막에게 도달했더라면! 카밀라····· 하다못해 그 애만이라도 구할 수 있었을 텐데!"

"······."

"항상 이래! 항상 중요한 순간에 늦고 말아! 이것도 전부 내가 약해서야! 마술사로서의 힘이 부족하기 때문이라고!"

"······."

"난····· 『정의의 마법사』야! 구해야 할 사람들을 더 이상 희생시킬 수는 없어!"

감정에 휘둘리는 대로 거칠게 말을 퍼부었으나 세라는 진지한 표정으로 그런 그를 가만히 바라보기만 할 뿐이었다.

"……미안."

자신의 속마음을 꿰뚫어보는 듯한 그녀의 눈동자를 보고 불현듯 죄책감을 느낀 글렌은 시선을 피했다.

"아무튼 난 이제 수련장에 들어갈 거야. ……그럼 이만."

그 말을 끝으로 글렌이 《각격의 방》으로 들어가려고 경첩에 손을 댄 순간이었다.

세라는 그런 그의 손 위에 자신의 손을 포개었다.

"……뭐야?"

글렌이 희번득 노려보았지만 세라는 구김살 없이 웃고 이렇게 말했다.

"저기, 글렌 군. ……나랑 데이트하지 않을래?"

"뭐?"

맥락이라곤 눈곱만큼도 없는 예상 외의 제안에 글렌은 눈을 깜빡일 수밖에 없었다.

'데이트? 나랑 네가? 어째서?'

"자자, 사양하지 말고."

세라는 혼란에 빠져서 말을 잃은 글렌의 손을 꾹꾹 잡아당겼다.

결국, 글렌이 정신을 차렸을 때는 이미 둘이서 제도의 시내를 걷고 있었다.

"음~ 오늘은 날씨 참 좋지?"

"참 나, 막무가내인 것도 정도가 있지······."

글렌은 해님을 향해 느긋하게 기지개를 켜는 세라를 흘겨보면서 어깨를 늘어트리고 한숨을 내쉬었다.

"야, 세라····· 난 놀고 있을 틈이······."

"제도는 정말 멋진 곳이지? 사람도 많고, 건물도 예쁘고, 가게도 많고····· 왠지 걷고 있기만 해도 즐거워지는 것 같아."

세라는 시종일관 기쁜 얼굴로 웃고 있었다. 글렌의 말은 들리지도 않는 모양이다.

"고향의 고요하고 웅대한 초원도 좋지만····· 난 이런 번화한 도시도 좋아해."

"······아, 그러셔?"

아무래도 오늘은 남원의 전통 있는 고귀한 일족의 아가씨를 상대해줘야 하는 운명인가 보다.

글렌은 체념한 듯 다시 한숨을 내쉰 후 주위를 둘러보았다.

평소와 다름없는 제도의 풍경.

꾸미지 않고 튼튼하게 만든 가옥과 건물이 늘어서 있고 대로변은 인파로 북적거렸다.

뒷세계의 피비린내 나는 현실과는 한참 거리가 있는 평화롭고 낙천적인 광경이었다.

그리고 딱히 주의를 기울이지 않아도 알 수 있었다.

주위의 모두가 자신들을 주목하고 있다는 것을······.

지나가는 사람들도 무심코 이쪽을 돌아보았다.

더 정확히는 글렌의 옆에서 무사태평하게 걷고 있는 세라를……

　눈부신 햇살 아래에서 부드럽게 바람에 휘날리며 무지갯빛으로 빛나는 하얀 머리카락.

　그리고 직접 남원풍으로 개조한 마도사 예복과 깃털 머리장식, 부드럽고 깨끗한 피부에 매일 붉은 안료로 그리는 전통 민족 문양도 평소와 다름없었다.

　확실히 제도에서는 약간 보기 드문 복식이었지만…… 세라에게는 그런 위화감조차 매력으로 승화시킬 수 있는 이국적인 아름다움과 화려함이 있었다.

　마치 음유시인의 노래에서 등장하는 이국의 아름다운 정령 공주가 현세에 강림한 것 같은 모습.

　아무튼 벽창호인 글렌조차 방심하면 무심코 넋을 잃고 쳐다볼 정도였으니 말이다.

　"아하하, 미안. 글렌 군……."

　그러자 갑자기 세라가 미안한 표정으로 사과했다.

　"뭐가?"

　글렌은 황급히 시선을 피하고 얼버무렸다.

　"그게…… 역시 내 복장…… 좀, 이상하지? 덕분에 쓸데없이 주목을 받는 것 같아서……."

　세라는 쓴웃음을 짓고 자신의 옷자락을 집어 올렸다.

　"로마에 가면 로마법을 따르라는 말도 있지만…… 나에게 이건 고향의 초원과 바람을 느끼게 해주는 소중한 복장이라…… 응, 미안해."

"됐어. 신경 쓰지 마. 난 아무렇지도 않으니까."

글렌은 전혀 의미가 없는 배려라고 생각했다.

어차피 세라라면 제도의 최신 유행 패션을 입었어도 주목을 모으는 건 마찬가지였을 테니까.

"정말?"

"응."

"정말로 진짜 신경 안 써?"

"거 참 끈질기네. 신경 쓰였으면 벌써 갔을 거라고."

"그런가. ……후훗, 고마워. 글렌 군."

글렌의 퉁명스러운 대답에 세라는 기쁘게 웃었다.

"다행이다. 오늘은 꼭 널 데려가고 싶은 곳이 있거든. 그러니 이 누나를 잘 따라와야 해?"

"누가 누나야, 누가."

글렌의 표정이 언짢아졌지만 세라는 아랑곳하지 않고 계속 손을 꾹꾹 잡아당겼다.

'참 나, 오늘은 액일이구만.'

하지만 결국 글렌은 어깨를 으쓱이더니 한숨을 내쉬고 그녀가 가자는 데로 따라갈 수밖에 없었다.

이래저래 해서 글렌의 포획에 성공한 세라는 뭐가 즐거운

지 시종일관 기분이 좋아보였다.

'……고민할 일이 없어서 참 좋으시겠수다.'

클렌은 그런 그녀의 옆얼굴을 흘겨보며 코웃음을 쳤다.

돌이켜 보면 어떤 임무로 한 팀을 짜게 됐을 때부터 세라는 늘 이런 식이었다.

무슨 일이 계기였는지는 모르겠지만 무슨 일이 있을 때마다 누나처럼 굴면서 자신의 일에 간섭하려 들었다. 처음에는 내성적인 성격인 줄 알았는데 실제로는 꽤 마이페이스였다.

그 바닥을 알 수 없는 태평함에는 가끔 짜증이 날 때도 있었으나, 천진난만한 미소를 보고 있으면 어느새 독기가 빠져버리는 것도 사실이었다.

'아아…… 역시 난 이 녀석이 거북해.'

글렌이 멍하니 그런 생각을 한 순간, 마침 교외에 있는 어떤 시설이 시야에 들어왔다.

"여긴 뭐야?"

"고아원이야."

글렌이 게슴츠레한 눈으로 묻자 세라가 싱글벙글 웃으며 대답했다.

"난 한가할 때마다 여기 일을 돕곤 해."

"호오? 거 참 훌륭한 일을 다 하시네요."

"후후, 고마워. 그런데 요즘 일손이 좀 부족한 거 있지? ……특히 남자 일손이."

"……."

글렌은 입을 다물었다.

"저기…… 갑자기 이런 질문을 드려서 죄송한데요. 세라 씨."

"뭔데?"

"혹시 날 데려가고 싶은 곳이라는 게…… 그 이유가……."

"아하하, 눈치가 빠른걸? 있잖아, 글렌 군. 오늘 하루만 나랑 같이 여기 일 좀 도와주지 않을래?"

"……."

글렌은 눈을 게슴츠레하게 뜨고 잠시 침묵한 후―.

"잘 있어."

등을 돌리고 돌아가려 했다.

"아앗?! 기, 기다려! 글렌 군~!"

세라는 울상이 돼서 매달렸다.

"에잇! 뭐가 데이트야! 뭐가 데려가고 싶은 곳이 있다는 거야! 나한테 애들을 돌볼 시간 같은 건 없다고!"

"잠시만! 아주 조금이면 되니까! 응?!"

"에잇! 시끄러! 이거 놔!"

"부탁이야, 글렌 군! 제발 우리를 버리지 말아줘! 아이들의 얼굴을 봐서라도!"

"오오오, 오해를 살 법한 소리는 하지 마!"

그런 식으로 글렌이 허리에 매달린 세라를 질질 끌고 가자 갑자기 고아원 현관문이 활짝 열렸다.

"앗! 세라 누나, 오랜만!"

"켁."

평소에도 어지간히 자주 왔는지 아이들은 세라를 보자마자 반가워하며 몰려들었다.

그러자 글렌도 아이들에게 둘러싸이고 말았다.

'아아, 일이 성가시게 됐네.'

글렌은 인상을 찡그릴 수밖에 없었다.

"어……."

"세라 언니? 이 사람은……."

하지만 아이들 중 몇몇은 어째선지 세라가 아니라 자신을 주목했다.

'……뭐지? 내 얼굴에 뭐 묻었나?'

글렌이 의아해하자 세라는 따스하게 웃으며 허리를 굽혀서 아이들과 눈높이를 맞추었다.

"응. ……이제야 겨우 데려왔어."

"……뭐? 야, 세라. 그게 대체 무슨 뜻이야? 이 애들은 또 뭐고."

상황을 전혀 파악하지 못한 글렌이 세라에게 따지려 한 그때—.

"글렌 형!"

"글렌 오빠!"

아이들이 일제히 글렌에게 달려들었다.

"우와아아아앗?! 대, 대체 뭐야!"

온 몸에 아이들이 대롱대롱 매달리자 글렌은 눈을 휘둥그레 뜰 수밖에 없었다.

"글렌 형, 오랜만이야!"

"잘 지냈어?"

"다친 데는 없고? 괜찮아?"

하지만 아이들은 전혀 개의치 않고 엉뚱한 질문만 해댔다.

"뜨아아아아아! 대체 뭐냐고, 이건! 난 너희 같은 건 몰⋯⋯!"

글렌은 매달린 아이들을 떨쳐내려 했다.

"⋯⋯기억하지 못하는구나."

세라의 안타까운 목소리가 묘하게 귓가에 꽂혀들었다.

"이해해. 글렌 군은 그만큼 지금까지 앞만 보고 필사적으로 달려왔던 거지?"

"세라⋯⋯?"

"하지만 그런 건⋯⋯ 쓸쓸하잖아? 응. 그러니까, 자. 글렌 군, 한 번 기억을 떠올려 봐. ⋯⋯네가 **지금까지 구한 사람들**의 얼굴도."

"⋯⋯뭐? 그게 무슨⋯⋯."

정말 갑작스러운 일이었다.

갑자기 머릿속에 벼락이 친 것처럼 기억이 되살아났다.

제국 궁정 마도사단에 입단한 후로 지금까지 해결해온 수많은 임무 속에서 구하고 싶었던, 지키고 싶었던, 하지만 지킬 수 없었던, 구하지 못했던 사람들만이 대부분을 차지했던 슬픈 기억의 한구석에 틀림없이 존재했던 자들.

후회와 자책에만 사로잡혀서 미처 떠올리지 못했던 자들.

구하지 못한 다수에만 의식이 쏠려서 눈치채지 못했던, 소수.

지금 글렌을 둘러싸고 있는 아이들은…… 바로—.

"너, 너희는……"

의식의 초점을 벗어난 잿빛 기억. 그것이 지금 글렌의 눈앞에 있는 아이들의 얼굴과 겹쳐진 순간, 선명하게 색을 되찾았다.

그렇다. 스러져간 자들의 원통한 얼굴만이 자신을 괴롭혔지만, 자책과 후회에만 사로잡혀서 뒤를 돌아볼 여유도 없었지만.

'……구했던…… 거야? 내가? 그런 것도 눈치채지 못할 정도로 난 나 자신을 궁지에 몰아넣고 있었던 건가?'

아연실색하자 마침 어떤 소년이 주위의 아이들에게 떠밀려서 그의 앞에 섰다.

그리고 소년은 뭔가를 결심한 듯 조심스럽게 고개를 들고 입을 열었다.

"오랜만이야. 난…… 줄곧 형에게 사과하고 싶었어."

"아, 너는……"

기억에 있었다. 방금 떠올랐다.

어떤 테러리스트가 벌인 인질사건에서 인질이 됐던 소년은 가까스로 구해낼 수 있었으나 그 소년의 부모까지는 미처 구하지 못했던 기억이······.

―왜 우리 아빠랑 엄마는 구해주지 않은 거야!

―아빠랑 엄마를 돌려줘!

헤어질 때 그렇게 계속 원망을 퍼부었던 소년이었다.

하지만 당시의 글렌은 소년에게 아무런 말도 해줄 수 없었다.

"형은 목숨을 걸고 날 구해줬는데······ 그때의 난······ 미안. ······정말 미안해, 형. ······그때는 내가 심한 말만 해서."

"바, 바보 자식······!"

글렌은 반사적으로 그 소년의 머리를 거칠게 쓰다듬어주었다.

"애들은······ 그런 것까지 일일이 신경 쓰지 않아도 돼."

울고 싶은 건지 웃고 싶은 건지 모를 복잡한 기분으로 말을 쥐어짜 낸 글렌에게―

"응······ 고마워. ······그리고 미안."

소년은 눈물이 글썽이는 얼굴로 미소를 보여주었다.

그 후.

글렌은 잠시 고아원에서 아이들과 시간을 보냈다.

아이들에게 그는 완전히 영웅이었다.

같은 편이 돼서 술래잡기, 숨바꼭질 등을 하며 놀았다.

아이들은 장래에는 글렌 같은 마법사가 될 거라고 떠들며 그를 이리저리 끌고 다녔다.

아이들 특유의 무한한 체력에 글렌은 그저 난감한 얼굴로 계속 끌려 다닐 수밖에 없었고, 세라는 그런 그의 모습을 멀리서 묵묵히 지켜볼 뿐이었다.

그리고 완전히 해가 저물고 아이들도 놀다 지쳐서 잠이든 후—

"결국…… 넌 나에게 대체 뭘 보여주고 싶었던 거지?"

《엄마의 탑》으로 복귀하던 도중, 글렌은 문득 그런 질문을 꺼냈다.

밤의 장막이 펼쳐진 거리는 어두웠고 주위는 이미 한산했다.

"아직도 모르겠어?"

세라는 따스하게 웃으며 대답했다.

"네가 구하지 못한 사람들보다…… 구해낸 사람들을 봐줬으면 했어."

"……."

글렌이 입을 다물었지만 세라는 계속 말했다.

"글렌 군. 구하지 못한 사람들에게만 얽매이면 안 돼. 그보다 지켜낸 사람들, 앞으로 지킬 사람들을 봐줘."

"……."

"글렌 군은 지키지 못했다고 했지만…… 아무도 웃게 해줄 수 없었다고 했지만…… 제대로 지켜냈고, 웃고 있었잖아?"

"거짓말. 난 지키지 못했어."

하지만 글렌은 어린애처럼 투정을 부릴 수밖에 없었다.

"아무리 생각해도 이상하잖아. 정말로 지켰다면, 왜 저 녀석들은 저런 고아원에 있는 거지?"

"글렌 군……."

"나에게 좀 더 힘이 있었다면 저 녀석들은 가족을 잃지 않아도 됐어. 가족을 돌려달라고 원망을 쏟아낼 일도, 울게 될 일도 없었을 거야. 지금보다 더 행복했을 거라고. 나는……."

"그야 괴로운 일이 있었던 거잖아? 그때는 울면서 널 원망했을지도 모르지만…… 그래도 이제는 다들 그 슬픔과 괴로움을 극복하고 앞으로 나아가려고 해. 계속 걸어가려고 해. ……글렌 군도 봤잖아?"

글렌은 낮에 본 아이들의 얼굴을 떠올렸다.

"저 아이들이 계속 걸을 수 있는 건…… 다시 미래로 나아갈 수 있는 건…… 전부 글렌 군 덕분이야."

"……."

그러자 세라는 입을 다문 글렌의 앞으로 와서 그의 눈을 똑바로 바라보았다.

"글렌 군. 좀 더 가슴을 펴."

"……!"

"나도 알아. 글렌 군이 모든 이를 구하는 『정의의 마법사』가 되고 싶어 한다는 건. 모두가 허황된 꿈이라며 비웃어도 아직 포기하지 않았다는걸. 하지만 너무 우직해서…… 지금의 글렌 군은 눈앞에서 당장 누군가를 잃는 것만 극단적으로 두려워하고 있어."

"……."

"그러지 마. 자책하지 않아도 돼. 글렌 군은 틀림없이 누군가를 지켜낼 수 있는 사람인걸. 좀 더 자신이 지킨 사람들, 앞으로 지킬 사람들도 돌아봐 줘. 가슴을 펴고. 누군가를 지켜낸 자신을 자랑스러워해줘."

"……."

"글렌 군이…… 이대로 구해내지 못했던 사람들에게만 얽매인다면…… 언젠가 틀림없이 망가질 거야. 그러니까……."

진지하게 호소했다.

"아, 그래서?"

하지만 글렌은 차가운 목소리로 대답했다.

"즉…… 꿈을 포기하라고, 현실을 보라고, 넌 그렇게 말하고 싶은 거지? 분수에 맞지 않는 이상 같은 건 버리고 지금 현실에 만족하라고……!"

"아니야, 글렌 군! 그런, 그런 게 아니야……."

"닥쳐! 날 좀 내버려 둬!"

어느새 글렌은 세라를 밀쳐내며 악을 쓰고 있었다.

자신도 왜 이렇게까지 흥분한 건지 이해할 수 없었다.

그저 악을 쓰지 않고는 견딜 수 없었다.

"아, 그래? 아주 잘 알았다! 너도 그 아니꼬운 이브와 알베르트랑 똑같아! 요컨대 너도 속으로는 날 비웃고 있었다는 거지? ……현실을 보지 못하는 멍청한 철부지라고! 하! 딱히 상관없어! 나도 사실은 알고 있다고! 다 알고 있었어! 하지만…… 그래도……!"

"글렌 군……."

"지키지 못한 사람들에게 얽매이지 말라고?! 그보다 지켜낸 사람들, 앞으로 지켜야 할 사람들을 보라고?! 그딴 건 나도 알아! 그래, 내 힘으로는 무리야! 내 힘으로는 모든 이를 구하는 『정의의 마법사』가 될 수 없어! 그러니 현실에 만족할 수밖에 없다는 건! 그런 건 나도 안다고! 망할! 시끄러워! 이놈이고 저놈이고 다 시끄럽다고! 자기 일이 아니라고 쉽게 지껄이기는……! 내가 얼마나…… 얼마나……!"

그리고 글렌은 세라의 멱살을 움켜쥐더니 얼굴을 바짝 들이대고 노려보았다.

"너에겐 아무것도 없으니까 그렇게 쉽게 지껄이는 거지?! 늘 실실 쳐 웃고만 다니는 게 고민이라곤 하나도 없어 보이더구만! 그런 네가 대체 나의 뭘 안다는 거야! 내 누나라도 된 것처럼 아는 척 참견하지 말라고!"

가슴속에 쌓인 격정을 일방적으로 토해낸 글렌은 난폭하

게 세라를 밀쳐낸 후 빠른 걸음으로 떠나가려 했다.

하지만 이런 불합리한 처사를 당했는데도 오히려 세라는 희미하게 웃으며 그가 지나치는 순간 이렇게 말했다.

"나는…… 좋아해. 글렌 군의 꿈."

"……?!"

"그러니까……."

세라가 뭔가를 말하려 한 순간.

글렌은 도저히 그 뒷말을 들을 수가 없어서 그 자리에서 쏜살 같이 달아날 수밖에 없었다.

"제길! 제길! 제길!"

완전히 조용해진 밤의 제도를 질주했다.

복잡하게 꼬인 뒷골목을 정처 없이 계속 뛰었다.

거칠어진 감정에 그저 몸을 맡긴 채.

마치 심장이 터질 것처럼 뛰는 글렌의 머릿속에는 조금 전에 들은 세라의 말이 끊임없이 메아리치고 있었다.

"제……기랄!"

아마 상대가 알베르트였다면 이토록 흥분하지는 않았으리라.

상대가 이브였어도 마찬가지다.

글렌도 이상과 현실 정도는 구분하고 있었다. 자신의 목표가 얼마나 비현실적이고, 모순적이고, 불가능한 바보 같은 일이라는 것 정도는…… 사실은 알고 있었다.

하지만 세라는. 세라만은…….

그녀만은 알아주길 바란 걸지도 몰랐다.

절망적인 현실 앞에 좌절하여 늘 막다른 곳에 몰려 있었던 자신을, 늘 뒤에서 조용히 지켜보며 버팀목이 되어준 그녀만은……

자신을 긍정해주길 바란 걸지도 몰랐다.

그렇다면 자신이 이토록 그녀에게 화가 난 것은—.

"……그저 응석일 뿐이야. 무슨 이런 망할 자식이 다 있지? ……빌어먹을!"

쾅!

글렌은 분노에 몸을 맡긴 채 뒷골목의 벽을 후려쳤다.

그 이상할 정도로 크게 울린 소리도 곧 어둠 속으로 녹아내렸다.

"헉! 헉! 후우……!"

잠시 멈춰 선 글렌의 거친 숨소리가 뒷골목에 울려 퍼졌다.

차가운 밤공기가 머리에 몰린 피를 빠르게 식혀주었다.

"……이젠 그냥 다 싫어졌어. ……난 왜 이런 곳에 있는 거지?"

이윽고 글렌은 자기도 모르게 약한 소리를 늘어놓기 시작했다.

"난…… 대체 뭘 위해 싸우는 거지? 마술이라는 게 이렇게 시시한 거였나? ……모르겠어. ……이젠 모르겠다고."

이대로 발밑이 무너질 것 같은 감각에 사로잡힌 순간—.

"……?!"

어둠 속에서 불현듯 불온한 시선과 기척을 느꼈다.

뒷세계를 살아가는 일원으로서 억지로 단련된 감각이 영혼에 경종을 울렸다.

글렌이 퍼뜩 고개를 들고 주위를 경계한 그때였다.

"……찾았다. ……이제야…… 찾았어!"

그런 작은 목소리가 고막을 울렸다.

그 목소리의 주인은 마치 어둠 속에서 태어난 것처럼 글렌의 앞에 모습을 드러냈다.

수많은 그림자가 아메바처럼 형태를 이루고 한 인간의 모습을 완성했다.

그것은 소녀의 모습을 하고 있었다.

요염한 나신에 넝마만 걸친 소녀.

잊을 리가 없었다. 잘못 볼 리가 없었다.

"너, 너는……?!"

글렌의 앞에 나타난 소녀는…… 피험체 365호 『카밀라』.

저번 임무에서 놓친 인공 흡혈귀였다.

"치잇!"

평소의 처절한 훈련의 결실이었으리라.

적을 앞에 둔 글렌의 몸은 반사적으로 총을 뽑고 전투태

세를 취했다.

다행히 정비를 소홀히 하지 않은 덕분에 정화된 은 탄환도 장전된 상태였다.

허를 찌르며 나타난 적에게 글렌이 방아쇠를 당기려 하자―.

적은 애처롭게 애원하는 눈으로 글렌을 바라보았다.

그리고 호소했다.

"……도, 와…… 주세요……."

"……?!"

그러자 글렌의 손가락이 돌처럼 굳어 버렸다.

"전…… 당신을 만나러 온 거예요!"

흡혈귀 소녀, 카밀라는 신음이 섞인 목소리로 말했다.

"너, 너…… 그게 대체 무슨……?"

"괴로워……괴로워요! 춥고, 어둡고, 아프고, 갈증이…… 갈증이 치밀어요! 차가운 흡혈귀의 몸이 절 계속 괴롭히고 있단 말이에요!"

귀기 어린 그 표정 앞에서 글렌의 총구가 부들부들 떨렸다.

"게다가…… 전 나쁜 짓은 아무것도 안 했는데……! 무서운 사람이 절 죽이려 쫓아오고 있다구요!"

자세히 보니 카밀라는 온 몸이 상처투성이였다. 흡혈귀 특유의 재생능력이 있음에도…….

아마 그 후로 그녀는 자신에게 임무를 넘겨받은 군의 마도사에게 줄곧 쫓겨 다닌 것이리라.

흡혈귀는 피를 나눠주면 공존할 수 있는, 인간이 길들일 수 있는 존재가 아니었다.

「인간을 포식」하는 것. 그것은 영원히 바뀌지 않는 흡혈귀의 타고난 본능이었다. 그들은 태어나면서부터 인간을 적대하고, 결코 함께 살아갈 수 없는 긍지 높은 괴물인 것이다.

따라서 흡혈귀는 그 어떤 사정을 불문하고 즉결 처분하는 것이 제국의 법이었다.

"어째서……? 왜 제가 이런 꼴을 당해야 하는 거죠?! …… 대답해주세요. 어째서죠?!"

"그건…….."

대답할 수 없었다. 할 수 있을 리 없었다.

"당신은 분명 이렇게 말했어요. 구하러 왔다고……. 반드시 구해주겠다고……. 그래서 전 저를 죽이려 하는 사람들로부터 필사적으로 도망쳐서…… 계속 도망쳐서 여기까지 온 거라구요! 부탁이에요. 구해주세요! 제발 절 좀 구해주세요!"

글렌은 이를 악물었다.

위선으로 섣불리 희망을 갖게 한 것.

망설이느라 방아쇠를 당기지 못한 것.

그 모든 것이 소녀를 지금까지 괴롭히는 결과가 되고 말았다.

아아, 대체 이런 나의 어디가 『정의의 마법사』라는 것일까.

불안정했던 발밑이 그대로 무너져 내리는 것 같은 충격이 엄습했다.

"……내가 어떻게 하면 돼?"

목구멍에서 짜낸 갈라진 목소리가 그런 의미를 형성했다.

어째서 질문을? 무의미해.

물어봐서 어쩔 거지? 아무런 의미도 없는데.

하지만 머리로는 알고 있으면서도 묻지 않을 수 없었다.

"……어떻게 해야 널 도울 수 있지? ……어떻게 해야 내가 널 구할 수 있지? ……내가 뭘 할 수 있다는 거야?"

그러자 소녀는 잠시 고개를 숙이더니 이윽고 글렌을 똑바로 바라보며 온화하고, 요염하게 웃었다.

"저를 위해 부디…… 「죽어주세요」."

"……?!"

글렌은 경악한 나머지 눈을 부릅떴다.

하지만 카밀라는 개의치 않고 뭔가 도취된 듯한 표정으로 뒷말을 이었다.

"전 본능으로 알 수 있어요. 「누군가를 죽이고」 「그 피를 마시면」…… 저는 이 몸을 괴롭히는 고통에서 해방될 수 있다고. 진정한 흡혈귀로 완성될 수 있다고. 더는 그 누구에게도 지지 않을 힘을 얻을 수 있다고."

"……그건."

"그러니 부탁이에요, 이름도 모르는 분……. 저에게 남겨진 길은…… 흡혈귀로서 살아가는 것뿐. ……이젠 그 길밖에 없어요!"

"……하지만 그, 그건……."

"사실은 저도 사람을 죽이고 싶지 않아요! 흡혈귀 같은 건 되고 싶지 않다구요! 하지만 춥고, 괴롭고, 목이 말라서……! 더는 견딜 수가 없어요! 그러니 제발 부탁이에요! 저를 구해주겠다고 말해준 다정한 당신……! 당신의 목숨을 주세요! 저를 구해주세요! 당신이라면 죽여도 되는 거죠?! 그야 절 구해주겠다고 했는걸요! 그러니 구해줘요……! 구해달라고오오오오오! 아아아아아아아아아악!"

"너, 너는……."

하늘을 향해 울부짖는 소녀 앞에서 글렌은 모든 것을 깨달았다.

소녀의 마음은…… 이미 망가져 있었다.

흡혈귀가 된 것이 원인인지. 아니면 그 밖의 요인이 있었는지 모르겠지만 어찌 됐든 이 소녀는 이미 돌이킬 수 없을 정도로 망가져 있었다. 인간으로 살아갈 수 있는 정상적인 마음을 잃어버린 상태였다.

「반드시 구해주겠다」는 글렌의 무책임한 말.

그런 위선적인 말을 마지막 보루로 삼고 타성으로 글렌의 목숨과 피에 집착할 뿐인 단순한 괴물에 불과했다.

"당신의 피를…… 내놔아아아아아아아아아아아아아악!"

그렇게 외친 카밀라는 양손의 손톱을 나이프처럼 길게 뻗고 치명적인 주력을 담았다.

그리고 땅을 박차더니 마치 땅 위를 기는 것처럼 극단적으로 몸을 숙인 자세로 글렌을 향해 돌진했다.

너무나도 빨랐다. 그 어떤 생물보다도 빠른 초월적인 속도였다.

"큭……!"

하지만 그 동작은 지나치게 직선적이고 단조로웠다.

글렌의 총구는 그런 소녀를 완벽히 포착하고 있었다.

남은 건 방아쇠를 당기는 것뿐.

이 거리라면 필중. 빗나갈 리 없었다.

자, 쏴라. 글렌. 단 한 발의 정화된 은 탄환으로. 총성의 복음이 모든 것을 끝낼지니.

"……?!"

하지만 민감해진 감각과 가속된 의식 속에서, 묘하게 느려진 카밀라 앞에서 방아쇠에 걸린 글렌의 손가락은…… 조금도 움직이지 않았다. 굳어 버렸다.

이유는 알 수 없었다.

소녀를 구하지 못하고 이토록 괴롭게 한 원인을 제공한 자책 때문인지.

혹은 이제 모든 것을 끝낼 계기가 필요했던 건지.

아니면 세라에게도 부정당한 탓에 자포자기한 것뿐인지.

구해줄 수 없다면 적어도 이 소녀가 바라는 형태의 구원을 베풀어주는 것이 『정의의 마법사』로서의 마지막 책임이라고 생각한 건지.

아니면 단순히 마음이 지친 것뿐인지. 혹은 그저 변덕인 것뿐인지.

자신도 잘 알 수 없었다.

전부 아닌 것 같기도 하고, 전부 맞는 것 같기도 했다.

아무튼 확실한 건…… 글렌의 손가락이 움직이지 않는다는 사실뿐이었다.

"나는……."

아아, 그래. 어차피 이제 전부 다 끝났어.

여기서 쏘지 않으면 내 인생이 끝날 거고, 쏘면 『정의의 마법사』라는 꿈이 끝나겠지.

'어차피 끝날 거라면 차라리…….'

흡혈귀의 날카로운 손톱이 공기를 가르며 다가오는 모습을 글렌이 그저 묵묵히, 마치 남의 일처럼 바라본 순간—

터엉!

갑작스러운 충격과 동시에 몸이 옆으로 날아갔다.

"……어?"

시선을 돌리자 시야 한 구석에 필사적인 표정으로 자신을 밀친 세라의 모습이 들어왔다.

—이 멍청아! 너, 이게 무슨……!

하지만 그 말은 입 밖으로 나오지 않았다.

세라가 방긋 웃은 그때—.

파공성을 울리며 날아든 흡혈귀의 손톱이 세라의 화사한 몸을 할퀴었기 때문이다.

어둠속에 새빨간 피의 꽃이 피었다.

"커헉……!"

세라는 선혈을 흩뿌리면서 피를 토하고 쓰러졌다.

"세라아아아아아아아아아!"

"큭! 또 당신인가요?! 절 방해하지 마세요!"

카밀라는 세라의 몸을 걷어차고 악을 썼다.

"이 사람은 말해줬어요! 절 구해주겠다고! 그러니 전 이 사람의 생명은 뺏어도 된다구요! 이 사람의 피라면 마셔도 되는데! 그런데……!"

미쳐버린 카밀라가 집착하는 건 어디까지나 글렌의 피와 목숨뿐이었다.

피로 물든 세라에게는 곁눈질도 하지 않고 글렌을 향해 몸을 날렸다.

"……?!"

하지만 뭔가를 느낀 건지, 곧장 뒤로 크게 도약했다.

다음 순간, 성대한 낙뢰가 밤을 가르고 그 자리에 떨어졌다.

"거기까지다. 흡혈귀."

어느새 뒷골목의 건물 지붕 위에는 옷자락을 나부끼는 마도사가 서 있었다.

"다, 당신은……?!"

"알베르트?!"

아슬아슬한 순간에 나타난 조력자의 정체는 다름 아닌 알베르트였다.

"히익?! 시, 싫어!"

그의 모습을 보자마자 카밀라는 소스라치게 몸을 떨더니 안개로 변해서 사라졌다.

"……또 놓쳤나."

그러자 알베르트는 혀를 차면서 지붕에서 뛰어내렸고 아연실색한 글렌 옆에 소리 없이 착지했다.

"너, 너……?! 어떻게 여기에……!"

알베르트 프레이저.

특무분실의 멤버 중에서도 발군의 실력을 지닌 에이스 중의 에이스.

글렌도 지금까지 몇 번이나 팀을 짜고 임무에 나선 적이 있지만, 대체 어떤 수련을 해야 그런 영역에 도달할 수 있는 건지 상상조차 가지 않는 어마어마한 실력자였다.

하지만 숫자의 신봉자이자, 아홉 명을 구하기 위해서라면 남은 한 명을 망설임 없이 포기할 수 있는 효율주의자이자, 냉혈한이기도 했기에 모든 이를 구하는 것이 목표인 글렌과는 절대로 양립할 수 없는 관계였다.

그런 알베르트의 등장에 글렌은 무심코 긴장했다.

"이야기는 나중에 하지. ……지금은 세라를 치료하는 게 먼저다."

뜻밖에도 날카로운 표정으로 등을 돌리고 그대로 담담하게 세라를 치료하기 시작했다.

응급처치를 하면서 입을 연 알베르트의 말을 정리하면 이러했다.

카밀라의 추격 임무를 맡은 군의 마도사는 바로 자신이라는 것. 일시적으로 전선을 이탈한 글렌과 세라의 구멍을 메우기 위해 자발적으로 지원했다는 것.

하지만 도주에 전념한 흡혈귀를 추격하는 건 그 같은 실력자에게도 지극히 어려운 일이었다고 한다.

애초에 흡혈귀는 태어나면서부터 인간을 초월한 존재. 그런 적을 단기로 추격해서 토벌하려 했으니 더더욱…….

"흥. 몇 번의 교전 후에 마침내 이 제도에서 찾아냈다 싶었더니 결국 이런 꼬락서니인가."

알베르트는 왠지 자조하는 목소리로 중얼거렸다.

"나도 아직 멀었나. ……뭐지? 내 얼굴에 뭔가 묻었나?"

"아, 아니……."

한편, 글렌은 당혹스러움을 감추지 못했다.

모든 게 의외였기 때문이다.

예를 들면 조금 전의 상황. 글렌이 아는 알베르트라면 부상당한 세라를 버리고 그대로 카밀라의 추격을 속행했을 터.

애당초 이 효율주의자가 혼자서 흡혈귀를 추격하고 있다는 것부터가 뭔가 이상했다.

하지만 지금은 그런 질문을 하고 있을 때가 아니리라.

"그…… 세라는 괜찮을 것 같아?"

글렌은 길바닥에 힘없이 누운 세라를 내려다보았다.

피로 물든 상체를 붕대로 단단히 지혈한 그녀의 안색은 마치 시체처럼 창백했다.

일단 통신기를 사용해 《엄마의 탑》에 연락해서 구호팀을 요청했다.

머지않아 힐러 스펠의 전문가들이 여기로 도착할 터. 과연 그때까지 세라가 버틸 수 있을지는—

"그 흡혈귀의 손톱에는 생명력 흡수의 주력이 담겨 있었다. 생명력 그 자체가 쇠약해진 탓에 지금의 세라는 힐러 스펠이 잘 통하지 않는 상태야. 노력은 해보겠다만, 살 수 있을지는 전적으로 세라에게 달렸겠군."

"빌어먹을……!"

세라의 용태를 들은 글렌은 뒷골목의 벽을 짜증스럽게 후려쳤다.

잠시 무거운 침묵 후 먼저 말을 꺼낸 건 글렌이었다.

"이 녀석은…… 하필 왜 나 같은 놈을 지키려고……!"

그리고 마치 죽은 것처럼 잠든 세라의 얼굴을 내려다보고 그렇게 말했다.

"바보 아냐?! 이런 망할 자식은 그냥 내버려두면 되잖아! 내가 어디서 쓰러져 죽든 너하고는 아무런 관계도 없잖아! 그런데 왜……!"

자신에 대한 실망감과 세라를 향한 분노로 감정이 거칠어진 순간―.

"널 내버려둘 수 없었던 거겠지."

갑자기 알베르트가 담담한 목소리로 끼어들었다.

"……너희는 이러니저러니 해도 닮은꼴이니까."

"뭐? 닮은꼴? 그게 대체 무슨 뜻이야?"

"종착점이 없는 꿈, 결코 도달할 수 없는 이상을 목표로 걷는 자. ……바로 너희 두 사람 말이다."

알베르트는 차가운 목소리로 설명했다. 남원 어느 고귀한 유목 민족의 족장 가문인, 실바스의 영애인 세라가 마도사로서 싸우게 된 이유를…….

모든 것은 레자리아 왕국의 침공으로 빼앗긴 고향을 되찾기 위해서라고 한다.

일족의 생존자를 모아서 고향으로 돌아가기 위해, 과거에 일족이 맺은 옛 맹약을 따라 알자노 제국을 위해 싸우고 있는 것이라고…….

언젠가 알자노 제국이 맹약에 따라 레자리아 왕국으로부

터 그녀의 고향을 되찾아줄 것이라 믿고서…….

"말도 안 돼! 그런 건……!"

"그래. 불가능해."

그렇다. 세라에게는 안 된 일이지만, 현재의 국제 정세와 양국의 전력만 비교해 봐도 남원의 탈환은 불가능에 가까운 몽상에 불과했다.

제국과 왕국이 전면 전쟁을 시작하면 양쪽 다 막대한 피해를 입을 수밖에 없을뿐더러, 애초에 그녀의 고향은 이제 와선 다른 이들의 고향으로 변해가는 중이었다.

게다가 각지로 흩어진 그녀의 일족도 대체 살아있기는 한 건지. 어디에 있는 건지조차 알 수 없는 상황이었다.

역사는 돌이킬 수 없고 좋았던 옛 시절은 두 번 다시 돌아오지 않는 법.

그건 세라도 이해하고 있으리라.

하지만 그래도 그 실낱같은 가능성에 매달려서 알자노 제국을 지키고, 싸우겠노라고 결심한 것이다.

고향을 위해. 일족을 위해. 언젠가 고향으로 돌아가는 것이 바로 세라의 꿈.

글렌은 늘 무사태평하게만 보였던 세라가 설마 그런 무거운 짐을 짊어지고 있을 줄은 꿈에도 몰랐다.

"……그럼 더더욱 그래선 안 되는 거였잖아."

하지만 글렌은 그런 말을 내뱉을 수밖에 없었다.

"그런 큰 목표가 있는데 왜 나 같은 놈을 감싼 거지?! 왜 목숨을 걸면서까지 날 구한 거냐고! 대체 왜! 난 도무지 이해할 수가……."

그러자 갑자기 알베르트가 팔을 뻗더니 글렌의 멱살을 움켜잡고 그대로 들어올렸다.

"크, 억! 너, 갑자기 무슨……!"

"이 멍청한 놈."

그리고 괴로운 신음을 흘리는 글렌의 몸을 끌어당긴 뒤 바로 눈앞에서 날카롭게 노려보았다.

그 눈동자와 목소리에는 고요한 분노가 이글거리고 있었다.

"꿈은 어차피 꿈에 불과해. 물론 그 자체로 숭고하다는 건 나도 부정하지 않아. 하지만 그 꿈에 얽매여서 시야가 좁아지는 건 주객전도다. 현실에는 꿈보다 중요한 게 있어. 그녀에게는 그게 너였을 뿐."

"……?!"

책망하는 듯한 알베르트의 담담한 목소리에 글렌은 말문이 막혔다.

"이렇게까지 말했는데도 자신의 꿈보다 널 우선시한 세라를 이해할 수 없다는 소리를 지껄인다면…… 네놈은 꿈을 꿀 자격조차 없는 철부지에 불과해."

그 순간, 글렌은 큰 충격을 받은 것처럼 표정을 일그러뜨렸다.

반박은커녕 시선을 피할 수조차 없었다.

그러자 알베르트는 말없이 글렌을 밀치고 다시 등을 돌렸다.

두 사람 사이에 무거운 침묵이 내려앉은 그때—.

"······글렌····· 군·····?"

모기처럼 가녀린 목소리가 고막을 울렸다.

"세라?!"

시선을 돌리자 의식이 돌아온 건지 세라가 바닥에 누운 채 희미하게 눈을 뜨고 있었다.

"세라?! 세라! 정신이 든 거야?!"

글렌은 황급히 세라의 옆에서 무릎을 꿇었다.

"······다행이다. ·····글렌 군이 무사해서."

세라는 글렌의 몸에 아무런 이상이 없는 것을 확인한 후, 진심으로 안도한 것처럼 웃었다.

"말하지 않아도 돼! 잠시만 참아. 지금 구호팀이······!"

"저기····· 내 이야기를 들어줘, 글렌 군."

그리고 글렌에게 살며시 손을 내밀었다.

"이 바보야! 말하지 말라고······!"

글렌이 바로 제지하려 했지만 세라는 힘없이 고개를 들더니 애써 웃으며 속삭이듯 말했다.

"나는····· 좋아해. 글렌 군의 꿈."

"······?!"

아마 헤어지기 전에 했던 말을 계속하려는 것이리라.

"그래서…… 포기하지 말아줬으면 했어……."

"……세, 세라……."

"글렌 군은 나랑 똑같아. ……너무나도 어렵고 먼, 도저히 이룰 수 없을 것 같은 꿈을 좇는 동료니까…… 응원해주고 싶었어……."

넋을 잃은 글렌 앞에서 세라는 온화한 목소리로 계속 말했다.

"저기, 글렌 군. 이 세계에서 이상적인 목표에 도달할 수 있는 사람은…… 아마 아무도 없을 거야……."

"그, 그건!"

"도달하기 직전에 그 목표는 손이 닿지 않는 저 멀리까지 가버리고 말아. ……그래서 계속 걸어갈 수밖에 없는 거야. ……고뇌하고 괴로워하면서."

"……."

"하지만 계속 걷다보면…… 설령 도중에 좌절하더라도…… 도중에 길이 바뀌더라도…… 계속 걸을 수만 있으면…… 언젠가 그곳에는…… 글렌 군의 주위에는 분명…… 지금보다 아름다운 경치가 펼쳐질 거야……. 나도 그렇게 믿고, 걷고 있어……."

"……."

"그러니…… 앞으로도 계속 꿈을 좇으며 걸어가기 위해서라도…… 글렌 군이…… 지금의 자신을 부정하지 말았으면

했어……. 글렌 군이 좀 더 스스로를 인정해주길 바랐어……. 단지 그것뿐……. 콜록! 콜록! ……미안, 내 행동이 좀…… 이해하기 어려웠지……?"

세라는 떨리는 손으로 글렌의 뺨을 부드럽게 쓰다듬었다.

생기를 잃은 차가운 손. 죽음을 떠올리게 하는 손. 하지만 신기하게도 불쾌한 느낌은 없었고 글렌은 어느새 그 손을 소중히 감싸 쥐고 있었다.

"글렌 군은, 틀림없이 누군가를 지켜줄 수 있는 사람이야……. 그러니 지금까지 지키고, 앞으로도 지켜줄 이들을 가끔이라도 돌아봐줘……. 좀 더 가슴을 펴고…… 누군가를 지켜낸 자신을 자랑스러워해 주길 바라."

"……."

"……구하지 못한 이들이 많다고 해서…… 자신을 포기하지 말아줘. 부탁……할게……."

글렌과 세라는 잠시 서로의 눈을 바라보았다.

"응……. 이젠…… 괜찮을 것 같네. 글렌 군은……."

하지만 곧 그 눈동자 속에서 뭔가를 발견한 건지 세라는 안도한 듯 눈을 감고 다시 잠드는 것처럼 의식을 잃었다.

"……."

글렌은 잠시 세라의 손을 쥔 채 말없이 그녀의 얼굴을 바라보았다.

"이쪽이야!"

"찾았군! 서둘러! 중상이다!"

"부활약과 아모르를 준비해! 의식팀! 세피로트 법진 구축을 서둘러!"

이윽고 군의 구호팀이 세라를 중심으로 모여들자 주위가 분주해졌다.

"……."

글렌은 그런 소란으로부터 등을 돌리고 조용히 걸어갔다.

"……가는 건가?"

그러자 팔짱을 끼고 벽에 등을 기댄 채 조용히 명상을 하던 알베르트가 말을 걸었다.

"지금은 내 임무다만?"

그 말에 글렌은 갑자기 걸음을 멈추더니 뒤돌아보지 않고 대답했다.

"……아니, 내가 매듭을 지어야만 해."

"흥…… 그럼 마음대로 해."

그 대화를 끝으로 글렌은 혼자서 밤거리 속으로 사라졌다.

그 후 글렌은 밤의 제도를 정처없이 헤맸다.

제도는 넓다. 아무런 단서도 없이 사람을 찾는 건 불가능에 가까우리라.

하지만 신기하게도 확신이 있었다.

그런 확신을 증명하듯 한산해진 광장에 발을 들인 순간―

"……와준 거군요."

어둠 속에서 귀에 익은 목소리가 들렸다.

글렌의 눈앞, 밤의 어둠보다 짙은 어둠의 조각들이 한 곳에 집결하며 소녀의 형태를 이루었다.

이윽고 흡혈귀 카밀라가 완전한 모습을 드러냈다.

"……."

글렌은 몇 걸음의 간격을 둔 채 말없이 그녀와 대치했다.

"믿고 있었어요. 당신은…… 당신만은 절 구해주러 오실 거라고."

"그래."

카밀라의 기쁜 목소리에 글렌은 작게 대답했다.

"저기, 이름도 모르는 분……. 마지막으로 한 번만 더 여쭤 봐도 될까요?"

"뭘?"

"당신은…… 정말로 절 도와주실 거죠? 구해주실 거죠?"

약간의 불안이 담긴 질문에—.

"……그래, 구해주마. 한 입으로 두 말은 안 해."

글렌은 공허한 눈으로 단언했다.

"나는…… 널 구하지 못했어. 그러니…… 이게 내 마지막 선물이다."

"다행이에요. 고마워요. 정말, 고마워요!"

그제야 카밀라는 안도한 듯 기쁘게 웃더니 글렌을 향해

천천히 다가왔다.

"이걸로…… 이 추위와 괴로움에서 해방되겠네요. 이 갈증에서도 해방될 수 있어요. 무서운 사람에게 쫓기더라도…… 이젠 괜찮을 거예요. 저는…… 구원받는 거군요. 아아……."

천천히, 천천히 다가왔다.

하지만 글렌은 석상처럼 미동조차 하지 않았다.

그렇게 두 사람의 거리가 조금씩 좁혀졌고 이윽고 카밀라는 글렌의 목에 팔을 둘렀다.

서로의 숨결이 느껴질 정도의 가까운 거리에서 마주 보며 요염하게 웃은 후, 마지막으로 질문했다.

"저기, 절 구해주실 이름도 모르는 당신."

"뭐지?"

"하다못해 마지막으로…… 당신의 이름을 가르쳐주시지 않겠어요?"

카밀라는 그렇게 말하고 글렌의 목덜미에 이를 드러냈다.

"……내 이름?"

글렌은 마치 아무것도 보지 않는 공허한 표정으로 대답했다.

"글렌 레이더스……."

그렇게 소개하고 카밀라의 날카로운 송곳니가 글렌의 경동맥에 닿기 직전—

귀가 먹먹해지는 듯한 굉음이 울려 퍼졌다.

"……최악의 거짓말쟁이의 이름이지.

"……예?"

그 순간, 카밀라의 입가에서 검붉은 핏방울이 주르륵 흘러내렸다.

어느새 그녀의 왼쪽 가슴에는 글렌의 총구가 닿아있었고, 정화된 은 탄환이 심장을 정확히 관통한 상태였다.

"……어째서?"

믿을 수 없는 표정을 한 카밀라는 비틀거리며 뒤로 물러났다.

"당신은…… 절 구해주시는 게 아니었나요? 결국 당신도 저를…… 버리는 건가요? 구해주지 않는 건가요?"

그리고 당장에라도 울음을 터트릴 것 같은 표정으로 호소했다.

"너무해…… 너무해요. 저에게는…… 이제 당신밖에 없는데……! 당신밖에 의지할 사람이 없었는데……!"

글렌은 그런 카밀라는 똑바로 바라보고 나직하게 중얼거렸다.

"미안. 난 걸을 거다. ……아직, 여기서 멈춰 설 수는 없겠더군."

"……걷는다구요?"

카밀라가 고개를 갸웃거리자 글렌은 고개를 끄덕였다.

"솔직히 이젠 괴로워서 견딜 수가 없어. 아마…… 난 언젠가 틀림없이 현실의 벽 앞에서 좌절하고 말겠지. 포기하고 말겠지. 널 여기서 버린 것도 아무런 의미를 갖지 못하게 될 거다."

"……."

"하지만 내가 힘이 다해 쓰러질 때까지…… 그때까지 구할 사람들을 위해…… 이 세상에 존재할 리 없는, 모든 이를 구원하는 『정의의 마법사』라는 허상을 바보처럼 좇아볼 거다."

"……."

"그러려면…… 난 널 여기서 버려야만 해. 『정의의 마법사』를 포기해야만 해. 모순된 말을 하고 있다는 자각은 있다만……."

"……."

"용서해달라고는…… 하지 않겠어. 다만, 미안했다."

글렌이 그렇게 말한 순간, 카밀라의 온 몸이 정화의 불길로 타오르며 어둠을 밝게 비추었다.

흡혈귀의 최후.

분명 온갖 욕설과 원망과 저주를 퍼부을 것이라 예상한 글렌은 그 모든 것을 받아들이리라 각오했다.

그것이 소녀를 속인 자신이 감수해야할 벌일 테니까.

"그런가요. 그게 당신의 선택이군요……?"

하지만 뜻밖에도 카밀라는 어딘지 모르게 만족한 표정이었다.

최후의 순간에 이성이 돌아온 건지 조금 전까지 형형하게 빛나던 광기는 어느새 자취를 감추었고 무척 맑고 투명한 눈으로 글렌을 똑바로 바라보았다.

불길에 휩싸인 흡혈귀 소녀는 마치 악령이 떨어져 나간 것 같은 후련한 표정이었다.

"너……?"

"잘 알지도 못하는 저를 구해주지 못한 것을 진심으로 슬퍼하고, 고뇌하고, 괴로워해주신 당신……. 만약 그런 다정한 당신이 준 목숨이라면…… 인간을 포식해야 하는 흡혈귀로 살아가는 것도 나쁘진 않을 거라고…… 끝까지 타락해도 괜찮을 거라고…… 생각했어요."

"……"

"하지만 당신은…… 제가 아니라 앞으로 도움을 기다리고 있는 사람들을 선택해주셨군요. 값싼 동정심으로 도피하지 않고 더 괴로운 가시밭길을 선택해주셨어요. ……예. 분명 이걸로 된 거겠죠. ……고마워요. 제가 진짜 지옥에 떨어지기 전에 절 막아주셔서……."

"……"

"……진정한 의미로…… 저를 구해주셔서…… 고마……워……요……."

그 말을 끝으로 가엾은 흡혈귀 소녀는, 눈물을 흘리면서 글렌을 바라보며 불꽃 속에서 소멸했다.

"……바보 자식……. 대체 뭐가 고맙다는 거야……."

그녀가 마지막으로 남긴 작은 잿더미로부터 등을 돌린 글
렌의 혼잣말이 밤의 고요함 속에 조용히 스며들었다.

마치 영원할 것 같았던 긴 밤이 끝나고 아침의 부드러운
햇살이 스며드는 《엄마의 탑》의 새하얀 의무실.

세라는 그 안에 비치된 침대 위에서 조용히 잠들어 있었다.

그리고 글렌은 침대 옆의 의자에 앉은 채 그런 그녀를 가
만히 지켜보고 있었다.

마치 그곳만 시간이 멈춰버린 것 같은 풍경이었다.

이윽고 창문으로 들어온 산들바람과 작게 지저귀는 새 소
리를 느꼈는지, 세라가 천천히 눈을 떴다.

"……으, 응……?"

희미하게 눈꺼풀을 들더니 눈이 부신 듯 눈을 깜빡거린
그녀는 곧 옆에 앉아있던 글렌과 시선이 마주쳤다.

"……글렌…… 군……?"

"다행이야. 세라. 정신을 차렸구나."

글렌은 힘없이 웃으며 대답했다.

"나 원 참…… 무모한 짓 좀 하지 마."

"아하, 아하하…… 미안."

"……"

"……"

그리고 침묵.

글렌은 아무것도 말하지 않았고 세라도 아무것도 묻지 않았다.

그가 무엇을 결심했고 무엇을 했는지.

아마 듣지 않아도 전부 알아챈 것이리라.

그래서 굳이 묻지 않고 자신의 얼굴을 가만히 쳐다보기만 하는 것이리라.

"……세라. 나는……."

이윽고 글렌이 혼잣말하는 것처럼 입을 열었다.

"나는…… 분명 아무리 걸어봤자 『정의의 마법사』는 될 수 없을 거야. 이 세계에 그런 건 존재하지 않을 테니까."

"……."

"하지만…… 포기는 안 해. 포기할 수 있겠어? 이게 내가 선택한 길이라고. 어릴 때부터의 꿈이었는데…… 이제 와서 포기할 리가 없잖아?"

세라는 그저 말없이 고개를 숙인 채 어깨를 떨면서 독백하는 글렌을 가만히 지켜볼 뿐이었다.

"난…… 왜 이런 분수에 맞지 않는 꿈을 꾼 거지? 왜 하필 마술에 이런 꿈을 품은 거지? 좀 더 평범한 걸 원했다면……."

"……."

"힘이…… 나에게 좀 더 힘이 있었다면……. 왜 난 이렇게 무력한 걸까? 그토록 노력했는데…… 왜 내가 원하는 것에는 손이 닿지 않는 거지? 나는…… 나는……!"

질끈 감은 눈가에서 눈물이 고이고 흘러내렸다.

견딜 수 없는 감정의 발로였다.

"……세, 세라……?"

세라는 몸을 일으키더니 그런 글렌의 머리를 부드럽게 끌어안았다.

"……그래 그래……."

그리고 온화한 미소를 지으며 한없이 자상한 손길로 그의 머리를 쓰다듬어주었다.

"괜찮아. 내가…… 곁에 있을 테니까. 언제까지나 쭉 곁에 있을 테니까……."

"……."

"앞으로 글렌 군이 어떤 길을 걷든…… 어떤 선택을 하든…… 괴로울 때나…… 힘들 때는…… 이렇게 머리를 쓰다듬어줄게."

"……."

"그러니 함께…… 천천히…… 가끔은 이렇게 쉬어가면서…… 천천히…… 무언가를 향해 조금씩 걸어가 보자. ……응?"

"……."

그 말을 들은 순간, 글렌의 안에서 지금까지 버텨온 무언가가 무너졌다.

"아……아……아아……!"

이렇게 된 것은 비단 이번 사건 때문만은 아니었다. 단지 계기에 불과했으리라.

그것의 정체는 지금까지 그가 특무분실에서 쌓아온 울분과 중압감과 절망.

글렌 자신도 눈치채지 못하는 사이에 마음속에 쌓이고 고일대로 고여서 자아를 붕괴 직전까지 몰아넣은 막대한 감정이 처음으로 발산된 순간이었다.

"으아아아아아아아아아아아아아아아아아아아아아!"

세라는 어린애처럼 목 놓아 우는 글렌을 품에 끌어안은 채 그저 하염없이 머리를 쓰다듬어줄 뿐이었다.

과연 글렌의 인생에서 세라와의 만남은, 세라의 말은, 세라의 미소는 축복이었을까. 아니면 저주였을까.

글렌의 인생 최대의 암흑기, 제국군 마도사 시절.

그가 앞으로 걷게 될 것은 가시밭길. 쌓게 될 것은 시산혈해.

언젠가 피할 수 없는 패배와 좌절이 기다릴 그 길은 이제 막 시작된 참이었다.

■작가 후기

안녕하세요, 히츠지 타로입니다.

이번에는 단편집 『변변찮은 마술강사와 추상일지』 3권이 발매되었습니다.

편집자님 및 출판 관계자 여러분, 그리고 본편 『금기교전』 을 지지해주신 독자 여러분 덕분입니다! 정말 감사합니다!

덕분에 단편집도 이래저래 세 권이나 나왔네요. 음~ 감개 무량합니다. 제가 쓴 거지만 용케도 소재가 고갈되지 않았 구나 싶습니다. 본편과 달리 제법 자유로운 소재로 쓸 수 있는 건 단편을 쓸 때의 즐거운 점이죠. 너무 자유롭게 쓰다 가 편집자님의 제지를 받은 적도 많았지만요.(웃음)

○마도탐정 로잘리의 사건부

오웰의 단편에 이어서 히츠지의 폭주 제2탄. 글렌의 학창 시절 후배인 로잘리가 처음으로 등장한 단편이었습니다. 그 리고 『웃기지 마! 이딴 건 인정 못 해!』라고 격노하신 편집자 님께 엎드려 빌어서 간신히 통과시킨 단편이기도 합니다. 아 마 독자 여러분은 눈치채셨을지도 모르겠지만, 사실 저는 이런 나사 빠진 캐릭터를 굉장히 좋아합니다. 이 아가씨도 언젠가 본편에 등장할 기회가 있었으면 좋겠네요.

○마술학원 두근두근 체험학습회

편집자님이 저번에 개그물을 쓰게 해줬으니 이번에야말로 마술학원의 세계관을 제대로 파고드는 이야기를 써달라고 애원하셔서 쓴 단편입니다.

훗…… 쓴 제가 할 말은 아니겠지만, 이 학교는 아주 답이 없네요! 하지만 그래서 개인적으로는 다녀보고 싶기도 합니다. 만약 제가 이런 학교에 다녔다면 하루하루가 즐거워서 좀 더 성실하게 공부를…… 했을 리가 없지!(2수생)

○학생회장과 혼돈의사록

편집자 "학생회를 등장시켜! 미인 학생회장이 나오는 학생회를!"

히츠지 "그건 상관없는데, 전 권모술수가 판치는 이야기를 쓰고 싶어요!"

편집자 "웃, 기, 지, 마! 평범한 러브 코미디를 쓰라고!"

히츠지 "싫어싫어싫어! 수완가 학생회장이 활약하는 내용을 쓰고 싶단 말야~!"

콰직! 퍽! 히츠지는 사망했다.(웃음) ……뭐, 이런 경위를 거쳐서 태어난 단편이었습니다.(살짝 각색)

○누구를 위하여 금화는 울리나

너희들, 사실 사이좋지? ……누구와 누구인지는 굳이 언급하지 않겠습니다.(웃음)

페지테라는 무대장치의 세계관이 넓어졌다는 의미에서 개인적으로 마음에 든 단편이었습니다. 오랜만에 편집자님과 배틀을 벌이지 않고 쓴 단편이기도 했죠. 역시 평화가 최고.(아련한 눈길)

○White Dog

본편에서도 회상 씬으로밖에 등장하지 않은 세라 실바스와 글렌이 만난 지 얼마 안 된 시점의 이야기입니다. 솔직히 저는 세라라는 캐릭터를 볼 때마다 조금 복잡한 기분이 들곤 합니다. 결국 글렌은 그녀 때문에 물러설 길을 잃게 된게 아닐까 하는 생각이 들어서요. 사실 그녀와 만나지 않았더라면 다른 길을 선택할 여지가 있었을지도……. 그녀의 존재는 글렌에게 축복이었을지, 구원이었을지, 아니면 저주였을지…… 그 답의 일부를 이 단편에 담아봤습니다. 읽고 뭔가 느낀 바가 있으시다면 작가로선 그저 감읍할 따름입니다.

뭐, 이번에는 이런 느낌으로 썼네요. 하나같이 모두 열심히 쓴 단편이니 즐겁게 읽어주시면 감사하겠습니다. 부디 앞으로도『변변찮은』을 잘 부탁드립니다!

히츠지 타로

■역자 후기

안녕하세요, 오늘따라 더 새하얗게 불태운 역자입니다.

늘 이 추상일지 시리즈의 후기를 쓸 때마다 느끼는 거지만, 작가님의 후기가 워낙 강렬한 데다 내용과도 밀접한 관계가 있다 보니 어떤 식으로 써야할지 한참 고민하게 됩니다. 개인적으로는 로잘리가 귀여웠다든가, 세실리아가 의외로 굉장히 나이가 어린 편이었다든가, 세리카는 단편에서 나올 때마다 주책이라든가, 리제는 의외로 본편에서도 충분히 활약할 포텐셜이 있었다든가, 혹시 이거 시간과 정신의 방?! 같은 자잘한 감상은 남았지만, 뭐랄까…… 역시 하나로 통일할 만한 주제를 찾기가 힘드네요. 뭐, 아무래도 단편집이니 당연한 걸지도 모르겠지만요.

그리고 특무분실 편은 좀 예상 외였다고 할지, 아직 많이 미숙했던 글렌이 주역인 이야기이다 보니 생각보다 더 암울해서 깜짝 놀랐습니다. 물론 본편에서도 자주 언급하듯 글렌의 흑역사 시절이다 보니 이런 전개도 전혀 예상하지 못한 건 아니지만, 좀 더 다른 멤버들을 부각하는 활극에 가까운 형태가 될 거라고 생각했었거든요. 아무튼 개인적으로는 좀 호불호가 갈리지 않을까 하는 걱정도 듭니다.

그럼 다음에는 아마 본편 13권에서 뵙기를 바라며 이만 짧은 후기를 마치겠습니다.

Memory records of bastard
magic instructor

변변찮은 마술강사와 추상일지 3

초판 1쇄 발행 2019년 3월 10일

지은이_ Taro Hitsuji
일러스트_ Kurone Mishima
옮긴이_ 최승원

발행인_ 신현호
편집국장_ 김은주
편집진행_ 최은진 · 김기준 · 김승신 · 원현선 · 권세라
편집디자인_ 양우연
국제업무_ 정아라
관리 · 영업_ 김민원 · 조인희

펴낸곳_ (주)디앤씨미디어
등록_ 2002년 4월 25일 제20-260호
주소_ 서울시 구로구 디지털로 26길 111 JnK디지털타워 503호
전화_ 02-333-2513(대표)
팩시밀리_ 02-333-2514
이메일_ lnovelpiya@naver.com
ㄴ노벨 공식 카페_ http://cafe.naver.com/lnovel11

MEMORY RECORDS OF BASTARD MAGIC INSTRUCTOR Vol.3
ⒸTaro Hitsuji, Kurone Mishima 2018
First published in Japan in 2018 by KADOKAWA CORPORATION, Tokyo.
Korean translation rights arranged with KADOKAWA CORPORATION, Tokyo.

ISBN 979-11-278-4958-0 04830
ISBN 979-11-278-4161-4 (세트)

값 7,000원

데이트 어 라이브 1~19권, 앙코르 1~8권, 머테리얼

타치바나 코우시 지음 | 츠나코 일러스트 | 이승원 옮김

4월 10일. 새 학기 첫 등교일.
이츠카 시도는 평소와 다름없는 일상을 보내고 있었다.
갑작스러운 충격파로 파괴된 마을 한가운데에서 소녀와 만나기 전까지는—

세계를 부수는 재앙, 정령을 막을 방법은 단 두 가지.
섬멸, 혹은 대화

정령과 만나게 된 시도는,
세계의 멸망을 막기 위해 데이트로 정령을 꼬셔야하는 운명에 처하게 되는데!?

세계의 멸망을 막기 위한 데이트가 시작된다—!!

ANIPLUS TV 애니메이션 방영 화제작!!

©Ryo Shirakome/OVERLAP
Illustration Takaya-ki

흔해빠진 직업으로 세계최강 제로 1~2권

시라코메 료 지음 | 타카야Ki 일러스트 | 김장준 옮김

오늘도 고아원을 위해 생활비를 벌며 평온한 일상을 보내고 있었다.
그런 오스카의 공방에 『천재(天災)』 밀레디 라이센이 찾아온다.
신에게 저항하는 여행의 동료를 찾는 밀레디는
오스카의 비범한 재능을 간파하고 여행에 권유하기 위해 왔다고 한다.
오스카는 권유를 거절했지만 밀레디는 포기할 줄 몰랐다.
그런 와중 오스카가 지키는 고아원에 사건이 생기는데?!
"희대의 연성사. 나와 함께 세계를 바꿔 보지 않을래?"

이것은 『하지메』에게 이어지는 제로의 계보.
―『흔해빠진 직업으로 세계최강』 외전의 막이 오른다!